王旭烽 著

# 三潭印月

浙江文艺出版社
Zhejiang Literature & Art Publishing House

图书在版编目（CIP）数据

三潭印月 / 王旭烽著. —杭州：浙江文艺出版社，
2024.6
　　ISBN 978-7-5339-7592-0

Ⅰ.①三… Ⅱ.①王… Ⅲ.①中篇小说—中国—当代
Ⅳ.①I247.5

中国国家版本馆CIP数据核字（2024）第084154号

| 策划统筹 | 王晓乐 | | 版式设计 | 徐然然 | |
| --- | --- | --- | --- | --- | --- |
| 责任编辑 | 张恩惠 | 许龚燕 | 营销编辑 | 张恩惠 | 詹雯婷 |
| 责任校对 | 朱　立 | | 数字编辑 | 姜梦冉 | 诸婧琦 |
| 责任印制 | 吴春娟 | | | | |

## 三潭印月

王旭烽　著

| 出版 | 浙江文艺出版社 |
| --- | --- |
| 地址 | 杭州市环城北路177号 |
| 邮编 | 310006 |
| 电话 | 0571-85176953（总编办） |
| | 0571-85152727（市场部） |
| 制版 | 浙江新华图文制作有限公司 |
| 印刷 | 浙江新华印刷技术有限公司 |
| 开本 | 889毫米×1260毫米　1/64 |
| 字数 | 82千字 |
| 印张 | 4.25 |
| 版次 | 2024年6月第1版 |
| 印次 | 2024年6月第1次印刷 |
| 书号 | ISBN 978-7-5339-7592-0 |
| 定价 | 29.80元 |

三潭印月　二我轩照相馆　摄于1911年

# 写在前面

1995年，我在浙江省文联工作，地点离西湖断桥很近。闻说断桥要断，赶去看时发现人群多挤在桥边担心，就想：断桥若真断了，许仙和白娘子怎么相会呢？因此触发了"西湖十景"第一部小说《断桥残雪》的创作动机。以后一年一部中篇，在双月刊文学杂志上发表，七部以后，开始两年一部，十三年后终于全部完成。

首先，这十部小说是十个爱情故事，红男

绿女，芳魂缭绕——《白蛇传》《梁祝》《李慧娘》，本来在西湖边发生的故事几乎就都是关于爱情的；其次，我企图在每部小说背后呈现一个杭州的文化符号，是看得见、摸得着的人文载体，比如荷花、古琴、金鱼、经卷、景观、花叶、印刻、书法、美术、工艺、戏剧等。最后，仅仅有文化事象不行，还要有哲理思考。比如《断桥残雪》里有关等待的意义；《平湖秋月》中当代社会精神与物质世界的审美对立，等等，它们通过十景中的意境一一传递。比如《三潭印月》，只有当你看出圆月是一滴饱满的、金黄色的、温暖的眼泪时，你的西湖边的人性解读方告开始。

十多年过去，小说曾经在高校成为线下课

程，也成为线上网课，被制成录像，也曾录成音频，拍成电影，成为行为艺术、实验文本。小说曾经作为整部形态问世，后又作为分册出版。我的朋友，曾任《江南》杂志主编的袁敏，作为被出版界盛赞的金牌编辑，提出这十部中篇应该构成分册型的整体，小巧而精致，知性且优雅，对她的观点我深以为然，且将其作为"西湖梦想"之一。

浙江文艺出版社的青年姑娘编辑们，终于编撰完成了一串美丽花环般的文字。果然就是部梦想读物，仿佛轻奢的生活艺术品，封面，册页背后、底下、上面及周边的无形与有形的文字花朵，如湖边的二月兰一般，突然就绕着故事草长莺飞，喧哗起来。于是，这些书册读物藤蔓一般地延展开去，小精灵一样地从书房间、地铁里、休闲吧中探出头来，参与着今天的杭州往事、西湖传说。

从故事里叠出故事的"西湖十景"，让我恍惚地想：她究竟是我写的故事，还是从我写的故事里生出来的故事呢……

王旭烽　2024年4月28日

# 目　录

三潭印月

湖山春社

荷風

花神庙

玉带晴虹

玉带桥

魚沼秋容

# 一　邂逅一位年轻人

年轻人是直接从平台上跳下朝我打招呼的。他身穿一袭青布长衫，头戴瓜皮帽，背拖假辫子，手拎黄铜长流壶，一副自来熟神情打着招呼：王老师到底还是来了，我老爸还担心等不着您呢。

我们站在保和堂药店门口许仙雕像前，这

吴山　二我轩照相馆　摄于1911年

吴山位于杭州城南,多古木清泉,奇岩怪石,寺观众多,有"吴山七十二庙宇",旧时多庙会。

位传奇中与白娘子演绎旷世情缘的杭州市民，据说曾在这个药店当过伙计，与眼前这个"茶博士"打扮的小伙子倒真像一类人。

其实我访吴山茶会纯属偶然，吴山本在闹区，南宋小朝廷的皇城根下，自然市声鼎沸，年来茶事花样翻新，山脚下摆开阵势，各路神仙尽施其法。从前一把壶泡七盏茶，如今申报吉尼斯，泡三十盏了。那大茶壶竖起壶嘴，高人一头，六个"茶博士"随心所欲把玩其中，仰面弯腰，长流穿顶，惊险奇异，有苏秦背剑、长虹贯日、海底捞月、双龙戏珠……茶与杂技、武术扎堆整合，看客心被吊起，哪里还记得冲茶原本是为了品饮。

年轻人出来，换了一身行头，从前清回到

现代。他中等个子，掐腰紧身米色灯芯绒外套，绷一条牛仔裤，前额头发挑染得黄黑夹杂，水帘洞瀑布般挂下，遮住大半张面孔，衬着尖下巴，脸就小了。他走路腰板笔挺，肩向后拗，脚呈外八字，有体型训练后的痕迹。他的右耳垂挂一枚银环，自鸣得意地闪烁在五月江南的莺飞草长中。

我说对不起，我和你们不熟，事先又不曾相约，恐怕……

怎么没有？年轻人反问，十多年前就约过，那时你还在茶叶博物馆工作。他见我依旧茫然，便提醒：穗庐茶主。你拿着有老照片的报纸来，我还见过你……

我"噢"了一声，想起来了。

老照片拍于20世纪40年代末的西湖，背景为西湖小瀛洲湖面，泛旧的湖水像被风吹过的沙土，衬着三潭印月石塔。与湖水齐平的底座上站着两人，一左一右，均穿长衫，年轻的眉清目秀尖下巴，斜分的头发整齐向后撸去，一绺发梢却顽强地扑了下来，袭入一侧的眉眼，衬出一丝别致。另一个岁数略长，长发披肩，留一撮山羊胡子，是个白人老外，架一副像溥仪当年御用的那种圆式眼镜，那面容自有一意孤行的严峻，两人合抱石塔，想来不那么拽着，人怕是要掉入湖中。

反面是用钢笔蘸着蓝黑墨水写的题词，字迹工整，像是经过深思熟虑——

# 茶博士

茶酒坊中侍役之统称。茶博士亦作『煎茶博士』。《水浒传》第十八回：『宋江便道：「茶博士，将两杯茶来！」』《清平山堂话本·阴骘积善》：『张客入茶坊坐，吃茶了罢，问茶博士道：「那个是林上舍？」』

永别了，一去不复返的幸福，但我沉静平和，因为我知道，在我死去的那天，我一定会回到中国西湖。

落款是一枚方章，阴刻的篆体字——"穗庐茶主"。

盯着年轻人单边耳环，我想起前尘往事：你家在北山街，从前的省府机关宿舍。你该不会是曹中的儿子吧？

年轻人很高兴：王老师你记性真好，十多年前的事情，我还真担心你想不起来。不过还得重新认识一次，我们把姓改回来了，老爸叫罗中，我叫罗宁，哎，我老爸真有事要找你。

我揶揄他：你奶奶知道你老爸找我吗？

罗宁怔了片刻才回答说：王老师，奶奶去世三年了。

我发现，他比我几分钟前刚见到时老成多了——或许他知道的远远超过我估计的。踌躇片刻，我才回答：其实，去你家后不久，我就离开茶叶博物馆了。

## 二　一张西湖照片引发的茶事

当初，在我的青春之花盛极而挫的危情岁月，有一天傍晚，曾迷失在湖上。彷徨间我沿着湖畔小径向西寻觅，渐行渐远，没入了金沙港纠缠不休的水杉林。天光黯淡中我进退两难，突感额头一凉，眼前便豁然开朗——穿越水杉林，我竟然已经置身于我们这座城市的西郊山间。

我看到一条金绿交错的茶的瀑布，铺天盖地地向我泻来，拥出大朵大朵绿云，镶着落日碎金，厚稠得流不动了，就止在了我的脚下。一溜棕榈树站在瀑布之上，飞流直下中怡然自得，像宽袖大袍微醉释卷的魏晋名士。

　　脂红色的落日沉下去了。有一处红瓦白墙的庭园，隐约地明灭在余晖初芽的深处。我想，我就到那里去吧。


　　不久我便调入了那红瓦白墙的所在，作为中国茶叶博物馆资料室的工作人员，立刻就陷入了天昏地暗的布展工作。开馆临近，展品还远远不够，我骑着自行车四处寻找可供布展的蛛丝马迹。一日中午顶着烈日从大学路上的浙江图书馆打道回府，路过龙井路那片神仙坡地，眉间汗水挂下入眼，视线便一片模糊。大汗淋漓间哪里还有什么魏晋名士的闲情逸致，我一边作吴牛喘月状一边心中暗暗叫苦不迭，原本是想着一手托茶一手"公子王孙把扇摇"的，不承想倒成了"农夫心内如汤煮"了。自嗟自叹间眼前一花，跌下自行车，翻倒在被烤软的柏油马路边上，顿觉半个身体烙在翻炙中，慌忙跳起，抬头一望，真是触目惊心，茶坡被热浪推得浮动起来，一波一波地飘在半空。老茶叶子晒得看上去像烤烟叶，那些名士般的棕榈树早已斯文扫地，七冲八颠像是从澡堂子里跌出，朝我扑来，压到眉心，眼泪就被逼了出来……

我拿自行车当了拐杖，扶回茶博馆，但见

六羡歌

【唐】陆羽

不羡黄金罍，不羡白玉杯；

不羡朝入省，不羡暮入台。

千羡万羡西江水，曾向竟陵城下来。

弃儿出生的茶圣陆羽铜像瘦骨嶙峋，单手捧一只茶盏迎接我——这些天我已经把他的《六羡歌》读得倒背如流：不羡黄金罍，不羡白玉杯；不羡朝入省，不羡暮入台。千羡万羡西江水，曾向竟陵城下来。

我突然就有了灵感：是不是可以在报上发一条广告，征集一些有关茶事的文物与资料，包括图片、文字、信件、实物？如此这般想着，满眼烟灰色退了下去，绿色又缓缓地浮回来了。

这一招还真灵，陆陆续续地便有人送来一些东西，小楷写的茶引、木刻效果的茶包装纸、晚清至民国初年的茶叶罐、各色茶庄账本与进货提货单，甚至还有一把清末民初品相不错的紫砂壶。快下班时，我接待了一位收藏发烧友。他给我带来一些有价值的东西：一件来自武夷山的碾茶石具、一包出自胡庆余堂的万应午时茶、一沓有关茶事旧新闻画图的《点石斋画报》复印件。这位大嗓门光额头的男人有一种强烈的自恋，他每取出一样东西，就啪啪啪地拍自己的肩：啧啧啧，这种东西你到哪里去寻，故宫里也拿不出……

我小心翼翼地提示：故宫也未必收这些，地摊上淘来的吧？

他从一只信封往外抽老照片，继续"啧啧"：绝对独家！这张民国街头茶摊；这张茶庄前店后场，女人在后场里择茶梗；这张涌金门茶楼，你看看这副对联——欲把西湖比西子，从来佳茗似佳人——北宋苏东坡写的，民国陈蝶仙书的。喏，还有这张，杀你的头也想不到的……

我看到了一对青年站在湖中石塔上，西湖泛着黄色，宛若老去的徐娘。他用手指急促地点着照片：知道穗庐茶主吗？啊？满世界到哪里去找这样的洋人茶主！你看看反面的题词，啧啧……

我只好先端详照片反面的题词——永别了……一去不复返……幸福……沉静平和……死去……中国西湖……穗庐茶主……这穗庐茶主的印章刻字是篆体，红色印泥旧得近乎发黑。我又反过来看照片，从内容看，穗庐茶主应该是那个留小山羊胡子的洋人，否则他不会在题词中用"中国西湖"这样的词语。他长得很像

点石斋画报　采茶入贡　1884—1889 年

电影《列宁在一九一八》中的布哈林——一个月夜里银色狐狸般神秘的俄罗斯悲剧人物。而那短短的几句话则意味深远——他要告诉谁，在这里他曾经有过一去不复返的幸福？他将用一生来忠诚对待的究竟是一段什么样的情感？甚至用了"沉静平和"这样的词语，这完全就是"无望情感"的一种优雅诠释。谁会是那无望情感的永别的对象？他身边那个清瘦的书卷气十足的中国青年又是谁？

我的收藏发烧友对我关注他的藏品感到极度兴奋，两眼闪闪发光，把额头和鼻尖都映得熠熠生辉。他说：我就知道你会喜欢这件东西的。这个穗庐茶主，实在是可以写出一段茶故事来呢！

石塔　[美]本杰明·马尔智　摄于1925年

照片来历很奇特，"文革"时弄乱了许多档案，这朋友是无意中从废弃的材料里翻出来的。我想问得仔细一些，朋友说：我只管把东西淘来，你先给我表个态，有没有兴趣？

我连忙表态说有有有，太有了。一个外国茶人，不远万里，来到中国，结识了一名中国青年，很可能还是杭州人，两人演绎一段中外友情，何其得茶文化！抓紧时间，搞清前因后果，把照片放大往展厅里一亮相，下面文字一注，一段茶文化传奇从此诞生，那是什么境界？

有兴趣就有办法，我如法炮制，在媒体上登了那张照片，图片说明是：寻找穗庐茶主和他的朋友。

## 三　有人认识穗庐茶主

登报当天，我就接到不少电话，来电感兴趣的大多是照片中的老外，我一位留校研究地方志的同学给我提供了一些思路。他认为我可以往传教士的方向去寻找，还拿民国时期的美国驻华大使司徒雷登做了例子，说司徒雷登是美国人，也是杭州人，他的父母兄弟都是赴华传教者，死后就葬在杭州九里松洋人墓区，他们生前住在延安路旁天水桥的耶稣堂弄，说不定照片上的老外就和那里有关。

听罢此言我大为兴奋，大学期间我选修基督教史，还记得元代初年基督教就在杭州传布，明代中国天主教三柱石中的两大柱石李之藻、杨廷筠均为杭人。天水桥畔天主教堂旁的巷子原名兴福巷，传教士住多了，这才改名耶稣堂弄的。

我打算明天一早就去耶稣堂弄寻访，看有没有档案资料留存，谁知下班前的一个电话，把了解穗庐茶主的进展，速战速决地就推进到了当天晚上。

# 耶稣堂弄

　　耶稣堂弄位于中山北路的西侧，呈东西走向，东起中山北路北段，西至延安路北段。该巷宋时为惠民西局。清咸丰年间建有"天水堂"，遂改称耶稣堂弄。民国时的美国驻华大使司徒雷登即出生于此。如今，天水堂尚存，耶稣堂弄3号为司徒雷登故居。

电话是个女人打过来的，叽叽呱呱一口杭州方言，开口就问我是不是在打听报纸上的照片中人，我说是的，她就叫道：喏，讨债鬼，总算给你寻到了。

我吓了一跳，里面又一声"喂"，那是另一个人的声音了，听不出男女，我才反应过来，女人最后那句话是对此人说的。

这是一副衰老的漏风的带着某种哭腔的声调，怯生生犹疑得很：我，我……认识照片上的人。我不敢惊喜，问：怎么认识的？那人回答：这张照片就是我拍的。我问：我可以见到你吗？他突然哀求起来：马上，马上，马上……

我连忙问他住在哪里，话筒又回到那女人手上了：快点来，再不来他"作"也"作"死了，从早上看到报纸就"作"到现在了。我一口答应，女人的口气就缓和多了，她告诉了我地址，我心一亮，果然，他们就住在耶稣堂弄。

豪华商厦背后，耶稣堂弄一个大杂院的深处，我推开小木门，看到躺在床上的那一位，以及立在门旁的中年矮胖女人。我恍然大悟，这个要求马上见到我的人，我是见过的，甚至可以说我认识他。

## 四　鼎鼎大名的杭州人之一

在我的少年时代，从小长大的这座城市里，除了那些不期而遇的种种运动循环往复、吸人眼球之外，另有两位鼎鼎大名的杭州人，以他们的奇特怪异，成为这座城市的风景线。一位名叫"阿得"，像堂·吉诃德一般瘦高，却没有堂·吉诃德的长矛与坐骑。相反，作为一名小儿麻痹症患者，阿得集众多缺陷于一身之后又恰恰相互抵消，这使他成长为一名"追风少年"。他快乐地七冲八颠在城市的大街小巷，跌到哪里，哪里就欢声笑语一片，大家叫着"阿得、阿得"，看着他奇怪的跛腿动作和支手拿东西时的样子，个个都莫名地兴奋刺激。阿得往往一亮相就是一天，走到哪里吃到哪里，享受免费待遇，人们虽然清贫，一碗阳春面还是请得起的。所有的电影院都朝阿得开放，阿得出入其中，想笑就笑，想走就走，想拍手就拍手。有时阿得也生气，那往往是人们对他的恶作剧过头了，他就捡起一块石头追打，被追打的人开心地大叫大逃，周围人如看斗牛般如痴如醉。

另一位就是眼前躺在床上的他了。其实我

一直不知道该用"他"还是"她"来称呼，不过约定俗成才用"他"罢了。这是一个中等个儿的成年人，一年到头穿一套灰色衣服，非常合身，像是量体剪裁制作的。就眉目而言，他不知道要比阿得清秀多少倍了，头发柔软，黄黄的，有点营养不良。我小时，他常在我住过的竹竿巷、孩儿巷出入，那本是陆游"小楼一夜听春雨，深巷明朝卖杏花"的所在啊！他永远贴着墙根，低着头，腋下总是夹块麻袋布。有几次我看着他用火钳在垃圾堆里夹东西往麻袋里装。

如果说阿得对我们来说是刘姥姥进大观园人人开心的折子戏，那么这个"半雌雄"就是老鼠过街，人人喊打的晦气鬼；如果说阿得让我们暂时忘却了我们生活的时代，那么此人则掀起生活一角，暗示着另一个不可言说的阴霾世界的存在。

　　起初我并不知道男孩子们为何一看到他就用瓜果皮袭击，而他除了用手臂挡脸匆匆逃走，从来没有一个反抗动作，直到有一次，我的邻居男孩用很不屑的口气说：谁叫他是个半雌雄。你看看他，走路的样子，恶心死了！男孩扔过一块大石头，狠狠砸在他背上。我看到他回过头来，脸上露出痛苦的神情，嘴里嘀咕了几声，男孩立刻大吼：你敢犟嘴，你还敢犟嘴！他一听，立刻就缩着脖子溜走了。

　　他走路的样子的确非常奇怪，是可以用

"袅娜"来形容的。有一次，在小巷深处我与他面对面狭路相逢。他竟然戴着一顶旧鸭舌帽，长脖子上绕一块灰色方格围巾，一头挂在前胸，一头搭过了他的溜肩，这些东西都像是从垃圾堆里淘来的。他手里托着块门儿布，缓缓地走到了我面前，突然站住，微笑了一下，露出一排细碎牙齿。我闻到他身上散发出的又边缘又奇异的气息，吓得毛骨悚然，"啊"一声，拉警报般长啸起来。孩子们立刻同仇敌忾聚到一起，齐心协力地朝他身上扔着石子，一边还富有节奏地配以杭州童谣：筒儿骨，筒儿面，枣儿瓜，桩儿肉，件儿肉，枣儿糕，髦儿戏，画儿匠，帽儿头，豆儿鬼，瓢儿菜，片儿川，扒儿手，门儿布！

我们越唱越起劲，节奏如同快板层层递进，唱到"扒儿手"时，从"筒儿骨"开始的一连串"儿"终于推至高潮，我们斩钉截铁地为"门儿布"下了一个"扒儿手"的定义，一边喊一边连踢带打地追杀，当他从我们身边落荒而逃，我们从来也不曾想过，这个被人群彻底排斥的怪胎，为什么还会引发他人对他施虐的狂热。

## 五　穗庐茶主是一位白俄流亡贵族

　　现在，他成了所有行将就木之人中的一个，躺在一张木靠背的小床上，汗衫很大，遮到膝盖，身躯便更扁小，薄得差不多要贴住床板。他满嘴的细牙也掉得差不多了，两颊就往里缩，脸上凹成两个洞，脖子像一根拧成乱麻的绳子，

［明］宋懋晋　龙井

双手和双臂瘦得超过了电视里看到的难民，脚趾长出去一截，看上去像手指。手薄而透明，张开时仿佛长出指蹼。他一只手举着报纸，另一只拿把放大镜，紧紧盯着报纸上的照片，消瘦使他的眼睛变大了。

看到我时，他的放大镜便颤抖起来，皱纹在嘴角抽成一小团乱麻。

那女人招呼我，自称是他的外甥女，说从年前开始，他就躺在床上，几乎不能够动弹。她显然不属于他情感的外露，找了个买东西的借口出去了。

我朝他礼节性地点头，正琢磨着开场白，他先开口说：有……有……茶吗？

我一怔，还没反应过来，他补充道：龙井

茶，我是说……龙井茶……

我反应过来了，连忙说：有，有，我包里带着龙井茶。

他说：……知道……茶博馆……你有茶……

他思路清晰缜密，要求有备而提，是个老精怪。我心里闪过一丝警惕，连忙用旁边床头柜上的一只茶垢极厚的紫砂壶冲好一壶茶。天气热，我想凉一下再端给他，他执意不肯，让我把他扶起来坐着，又让我把壶端到他鼻下，他就皱着眉头摄闻茶香，整张脸因为茶气氤氲而舒服陶醉得皱成一团。接着，他开始小心翼翼慢条斯理地品饮，吸一口，就朝托着茶壶的我笑一笑，带着一脸的谄媚。他喝茶时没有声音，肩胛骨如两把刀子滚动，喝几口，别过脸，沉思片刻，又喝几口，又别过脸，周而复始。

往事借着茶汁灌进身体，使他整个人鼓起来了，终于，他心绪平静了，我目睹了一次从濒临死亡到渐渐复苏的过程。

他重新移动放大镜，定格在报纸上图片中那个老外的脸部，说：我认识他，他叫斯维洛夫。他又移动镜片，定格在中国青年脸部，说：我也认识他，他叫罗哲修。他又移动镜片，到后面石塔背景上：我也认识它，它叫三潭印月。接下去他开始向我诉说。


一九四八年春天的一个下午，我正在天水桥天主教堂的花园里浇花，神父把我叫去，让我陪伴一位从上海来的牧师。牧师已经辞职，要在杭州待上一阵，少不了当地人协助。哦，我有必要向你介绍一下我自己，我在常人眼里，是一个比《巴黎圣母院》中的钟楼怪人还要怪的怪物。因为天生残疾，我成了弃婴，被扔在教堂门口，我后来也一直生活在教会育婴堂里，再大一些，我就成了教堂的杂役。把我抱进教堂的教友姓杨，我便随了他姓，神父给我起了一个名字，彼得。我说我的身世，您无须尴尬，上帝造人自有悲悯恩宠。

我的确有些惴惴不安，因为害怕他把我少年时的模样认出来，还因为他一开口说出的话透露了这个人内心的深——他完全不是那个我小时候以为的可以和阿得相提并论的人了。

当时，我很害怕我身体的秘密被更多的人知晓，我的担忧的神情被神父发现了，他说：你放心，斯维洛夫牧师为人很好，来杭是为了寻人，你能说杭州话，正好做他的翻译。

牧师住在西湖北山街的穗庐，是一位朋友借给他的别墅。神父让我收拾一下东西，还叫了一辆黄包车把我送过去。我带的东西不多，一部《圣经》，一座小十字架，几件换洗衣裳。神父给了我一些钱，不多，他说斯维洛夫是很有钱的，他的家

小瀛洲　[美]西德尼·甘博　摄于1917—1919年间

小瀛洲即三潭印月岛，与阮公墩、湖心亭合称"湖中三岛"，小瀛洲是三岛中面积最大的岛屿。人们将此地比作蓬莱仙境，瀛洲便是传说中的古仙岛名。

人在巴西做着很大的矿产生意，我的一应费用都由他支付了。

出发前我们做了祷告，神父亲自把我送上车，对我说：你已经长大了，应该走出去布道上帝的旨意、见证上帝的存在了。


杨彼得说到这里，停顿下来，双手放在胸前，合上眼睛。直到这时候我才发现，床头挂着一尊钉在十字架上的耶稣像。简陋的小屋此时非常静谧，老式电灯泡孤零零悬在头顶，我们笼罩在昏黄幽暗的气氛之中。躺在床上的他开始激动起来，喘着粗气，胸膛起伏，嘴角颤抖，然后又慢慢平息下去。他终于张开了眼睛，仿佛已经被自己的叙述控制住了，眼睛开始发光，似乎不是在和我说话，而是通过我直接和上帝对话。

　　他从山坡的穗庐大门沿台阶而下，一手拎着蓝色竹布长衫的下摆。高个子，金黄色的头发很长，披到肩上。他戴着一副圆眼镜，笑得那么慈善，那么灿烂，那么宽容——不，不不……不是这张照片上的笑容，这张照片上的笑容已经完全变质，是被摧毁后的笑容。那天的笑容是天使般的，一生只有一次。

　　我看到他快乐地跳下来了，像一只灵敏的豹，另一只手握着一本书。他一下子就拿过了我的小布包，然后很自然地展开手臂，搂住我的肩膀，裹着我朝山上走去，一边用纯正的汉语对我说：你就是小杨吧，我叫你小杨，亲爱的小杨，亲爱的小羊羔，我已经找到我要找的人了。

杨彼得再次颤抖起来，肩膀不停地抽搐，我突然意识到这人是有肩膀的。我指着照片上的另一个中国青年，他的目光就如短路时的电光骤然一亮，说：他叫罗哲修，他就是斯维洛夫牧师要找的人。

# 六　东方列车的传奇相遇

斯维洛夫第一次见到杭州青年罗哲修时，两人恰好坐在沪杭列车的同一节车厢。诗人刚度过一个杂花生树群莺乱飞的西湖周末，烟雨朦胧中，心不在焉地靠窗而坐，他孤独又有洁癖，如果不是因为临时改变归沪时间，他是不会坐普通车厢的。

白俄流亡贵族出身的斯维洛夫在哈尔滨长大，受中俄双重教育，很早就开始发表诗作。他是个落落寡合的人，从不接触女人，一直离群索居，一度还进过神学院当修士。以后又到北平，在东正教传教团的图书馆谋得一职。他异常欣赏北平的皇家园林、寺庙以及山水，游历了北海、景山、东陵、太庙、雍和宫和西山，并开始着手贯穿他一生的中国唐诗翻译事业。

　　杨彼得的叙述中，斯维洛夫之所以离京赴沪，出于某次不愉快的教会内部纠纷，但也很有可能是一次与情感有关的重大事件。总之，他不得不抛弃北海的红墙黄瓦，碧水荷花，天坛的宏伟殿宇和故宫的珍稀藏品，以及南池子那笔直如线的巷街，来到了风格迥异的十里洋场。

在沪上他坚持汉语写作，并在高校教授西方哲学，因而结识了不少中国学生，他甚至开始学习上海方言。有件事情对斯维洛夫非常重要：他进入了在上海的苏联塔斯社远东分社，负责把中国的消息翻译成俄文，为此他还领取了苏联护照，并得以和中国文化界的一批精英相识相交，从而进入更深的迷恋与研究之中。

他对上海这座城市并没有对北平一般痴迷，南国对他最有吸引力的是上海附近的浙江省会古城杭州的西湖。他常常独自周末乘火车来杭，下榻在他的一位广州朋友在西湖的别墅穗庐，这位广州朋友早已举家回粤，空巢正好做了他的寄寓之所。

列车开出城郊不久，阴云散开，阳光从天而降，窗外大片油菜花一下子鲜明地映亮了他的心，也照耀进昏暗的车厢。他微微惆怅的板结的情绪因为柔和天光的抚摸开始松动。他感觉一股有力的春风扑面而来，侧过头，又看到一束光芒从对面窗外斜洒进来，笼罩住那个依窗读书的青年。车窗应该是青年刚才打开的。斯维洛夫记得这几个位置没有人坐，不知这青年是何时坐到这里来的。

　　青年穿月白色暗条纹长衫，身材适中，脖颈颀长，皮肤清洁，眼睛和眉毛漆黑，像发亮的乌羽。从侧面看，青年鼻翼瘦挺，线条硬朗，面颊与下巴都有些过于消瘦，但轮廓优美沉静，嘴角略抿，又显示出其气韵的沉毅。他手里拿着一本线装书，正在专心阅读。

玉树临风——斯维洛夫想起最近学到的中国成语——那是中国古代人们对男子风采的赞叹。读书的青年抬起头来，他们的目光相遇了，青年有些吃惊，然后微微点头示意，重新沉入书中——斯维洛夫的心被什么轻轻地撞击了一下，一个隐秘世界像书一样被风翻开，他窥到了其中一角。

一种油然而生的愿望升起，他想坐到那青年的身边，可是立刻又被某种不可名状的往事的创痛摄住——还是就这样默默注视着吧。那青年又抬起头来，再一次惊讶地发现他还在注视着他，而他则因他的惊讶自然起来，他指指他手中的书，青年明白了，把书竖起，封面是《唐诗三百首》。他不由张开双手，《唐诗三百首》，他最迷恋的汉语诗典，这意外的惊喜使他无须犹豫了，接着他发现那青年先他站起，然后便见白光一闪，一样东西箭一样朝他嗖地射来，青年突然像传说中那些浪迹江湖的武林高手，一跃而起，消失了。

一队警察冲进车厢，斯维洛夫下意识地把射进他怀里的线装书紧紧搂住。显然，他们正在寻捕这位消失的中国青年。斯维洛夫的洋人身份保全了他的体面和尊严，使他没有遭遇搜身。他隐约地感觉到青年为什么坐到了他斜对面，并且打开了窗子——他一定是已经感觉到了某种危险，并把他这个洋人作为一种掩护安全的可能。

　　斯维洛夫没有辜负青年的信任，他是揣着书回到上海寓所的。锁上了所有能锁的门，他才敢打开书卷，那是嘉业堂藏书楼刻印的版本，扉页上有西泠印社的藏书印，还有一枚闲章："又逢君"。

## 七　穗庐茶舍的来龙去脉

杨彼得要求我把他扶起来继续喝茶，这非常容易，因为他轻得就像一个幽灵。我为他续了一次茶，龙井茶二开是最到位的，看上去他无论对我还是对茶都很满意，重新平躺回床上时，他终于开始直接叙述照片里的两位青年在杭州的初次相会了。

在我到达穗庐之前，斯维洛夫牧师已经打听到了他的下落，这就是他看见我特别高兴的原因。罗哲修在孤山西泠印社开了一个小小印庄，旅游旺季时又在三潭印月小瀛洲设了一个摊，专替游人制印。牧师特意让我租了一条自划小船，我俩一个船头一个船尾，好久才划到小瀛洲。久雨放晴，到湖上游玩的旅人特别多，来来往往绕着湖岛小径散步，我们就绕湖划了两圈，牧师很激动，也很不安，他拿出那部《唐诗三百首》，读一会儿，抬头看一会儿。那时我还不知火车上发生的一幕，我不理解他的过分谨慎。我们果然就在岛畔看到了一个刻字摊，有几个游客挡住了我们的视线，游人走后，刻字摊前安静了下来。牧师朝着刻字摊的方向，高声地念了杜甫的那首诗……

说到这里，他闭上眼睛对我说：我想你一定知道他念的是哪一首。

是《江南逢李龟年》吧，"又逢君"了嘛。

他继续闭着眼睛说：牧师的声音非常好听，又洪亮又柔和，像天鹅绒缎——岐王宅里寻常见，崔九堂前几度闻。正是江南好风景，落花时节又逢君……

杨彼得用的是旧时先生的吟诵法，我看他完全沉醉其中的久久不可自拔的神情，刚刚有

江南逢李龜年　杜甫

岐王宅裏尋常見、崔九堂前幾度聞。是江南好風景、落花時節又逢君。

滁州西澗　韋應物

獨憐幽草澗邊生、上有黃鸝深樹鳴。春潮帶雨晚來急、野渡無人舟自橫。

楓橋夜泊　張繼

月落烏啼霜滿天、江楓漁火對愁眠。姑蘇城外寒山寺、夜半鐘聲到客船。

寒食　韓翃

［清］蘅塘退士选编、章燮注疏　唐诗三百首注疏
上海扫叶山房石印本　1930年

了一点光泽的开始散开的五官，一下子就灰成了一小团，他的眼珠仿佛也已经嵌入到这团灰色中去了。他突然说：我忘了……

我想不出有什么地方冒犯了他，缺乏经验的我只好走了一条常规思路，说：给你采访费，不会让你白说的。

他张开眼睛，吃惊地看着我，我顾不上再看他脸色，把皮夹打开，掏出一张百元大钞展开递到他眼前：我不会言而无信的。

他继续盯着我，我意识到了羞愧，可是我已经收不回去了，我只好喃喃地说：如果，你觉得这样……

他伸出了几乎没有一丝肉的手，用刚才读报纸的动作，拿放大镜照着我的人民币，他的目光慢慢地黯然下去，终于说：塞到我枕头底下吧。


　　像罗哲修这样的人，今天已经没有了，灭绝了。他是天使，但他不是斯维洛夫牧师想象中的天使，完全不是。

　　可他们还是迅速走近了，没几天就决定了一件大事。牧师辞去了上海的教授工作，用所有的积蓄把那位广东朋友的穗庐买了下来，然后开了一家茶舍，自称穗庐茶主，专卖龙井茶。罗哲修也不在孤山开印庄了，他到茶舍当了总管。

　　牧师把我也留下了，做了他的伙计。那段时间不长，我们三人常常在湖上荡舟，他们一起读书，念诗，讨论两个国家的各种事情，他们甚至讨论共产主义。我后来才知道，罗哲修早就是一名地下共产党员了。

他们有许多相同的地方，共同语言，包括趣味，喜欢的事物和不喜欢的事物，有些夜晚他们一起躺在庭院的露天铺板上，一直谈到东方发白……

我吃惊地问：你是想告诉我，罗哲修既是一名共产党员，又是一个……

不！他斩钉截铁地阻止了我：罗先生什么也没有改变，改变的只是牧师，他豁出一切，直到那年秋末罗先生被捕。

我更吃惊：他被捕了？

解放以后重新审查罗先生，我也被叫去审讯过许多次，他们不明白，为什么牧师最后会卖了穗庐，又以个人名义担保，把被捕的罗先生保出来。

你是说，牧师为了保罗哲修，竟然把买下不久的穗庐又卖了！

所以牧师破产了，他失去了一切。罗哲修和他的情人一起去了解放区，牧师不得不回上海。临行前我们又一起去了三潭印月，这张合影就是那时候拍的，时间是一九四八年秋天。

我等待了许久，才问：后来呢？

牧师去了国外。

罗哲修呢？

他就闭上眼睛画起了十字，轻声祈祷：基督被人从十字架上解下来，就这样安葬了。他的肉体虽然休眠了，但他的神性却一直睁着眼睛守护……

他死了吗？我追问了他一句，他用沉默证实了我的猜测。他不停地画十字，摇头，嘴角又皱成一团乱麻。我换了一个话题，问：那你呢？

里面。

什么？什么里面？

牢，牢里面。

你？

我。他微微张开眼睛说：没有了，真的没有了。

我盯着杨彼得床头的十字架，这个人告诉我的超过了我事先的预期。因为怕把他的心汁榨干，我实在不敢再追问下去了，离去时走到门口我又绕回，再次拿出一张百元大钞，说：如果你能够再告诉我一点线索，我愿意再付你一笔信息费。

他连眼睛都不再睁了，骨瘦如柴的右手敲敲床板，我明白了，连忙帮他把百元大钞塞到枕头底下，他才对我气若游丝地耳语：……剩茶……可以吗？

当然当然！没问题！我连忙把那一筒龙井新茶拿出来放到他桌上，再俯下身去，他突然清晰地说：罗哲修的夫人和儿子都还活着。

我大声地叫道：最后一个问题，穗庐在

哪里？

一切有的，都归于尘土了……

他再也不说一句话，闭上眼睛，就像一具尸体。


我在巷口遇到他的外甥女，正与邻居们在路灯下乘凉，看我出来，还知道送一送，一边骂道：这老不死的话蛮多，一句都不肯跟我讲。

我实在忍不住了，说：他不是你亲娘舅吧？

这下她倒是愣了，然后拍着扇子说：他牢里出来后还有一间房子，是托我们家管的，等到今朝，这老不死的，是人也不死么房子也不给……

我说：他也是可怜人啊。

那女人就急了：小姐妹你是不晓得，这个怪物害人不浅，弄得人家妻离子散，手里头人命都有，不要看他可怜，不是好东西！

女人一边用蒲扇在大腿上啪啦啪啦拍蚊子，一边气愤地数落：除非他把房契拿出来，他答应过我的。想不通，这个半雌雄又没老婆又没小孩，留着房子干什么？还一口一个上帝，你要人家上帝，人家上帝还不晓得要不要你……

## 八　我被罗家人赶了出来

茶博馆的布展工作已经进入尾声，我要求设计人员无论如何先给我留一块空间，以待那张白俄贵族穗庐茶主和中国青年革命者在三潭印月的合影。我的收藏发烧友经过打听后告诉我，罗哲修的儿子曹中在省政府一家重要部门工作，还是个处长呢，在官场走势看好。他父亲十年浩劫之后平反，因此不但没有阻碍儿子的仕途，相反还得了不少同情分。罗哲修的夫人曹琴也还活着，我一边奇怪为什么他们会看不到登在报上的这张照片，一边匆匆到龙井村，作为给曹家的见面礼，从茶农手里买了一些正宗本山龙井，就急急慌慌赶往北山街的省政府家属大院了。

　　家属大院从前也是个大别墅，如今成了"七十二家房客"。因为有了第一次的成功采访，这一次没有事先约好，我就一头闯了进去。正是晚餐后，想必他家不可能无人。我敲门，门后探出一个中年男人的头，我松了口气，除了没穿竹布长衫，发梢没有挂下，轮廓更为成熟之外，儿子和照片上的父亲没什么大区别。我拎起茶叶盒，毫不设防地说：总算找到你们了，我是中国茶叶博物馆的，我来拜访你们。

曹处长冷静地拦住我的动作，手指茶叶盒作打发状：你是谁，拿的什么东西？

我很吃惊，连忙解释：我是专程来看你们的，初次见面，请多关照。

我很愚蠢地举高手中的茶盒，把自己降低成了一个求人办事的不速之客。曹处长冷冷地说：你弄错了，我们不来这一套的。

我连忙再解释：对不起，你们可能误会了，我是公事。

公事到办公室去谈，到家里来侵占私人时间和空间干什么？

我被一瓢冷水浇得呆若木鸡，一句话也说

不出来。那曹处长居高临下地看着我，恩赐了一句：下不为例。然后让开了门。

我最后是怎么进了曹家客厅，自己也不明白了，我说了些什么就更记不全了。只知道我还是拿了那报上的照片给曹处长看，在语无伦次的过程中，我始终站着，曹中处长根本不让坐，更不要说替我倒一杯茶了。

等我再也想不出还能说什么了的时候，他才冷静地问我：说完了？

我一时进退两难。他却进了里屋，推出来一张轮椅，和他一起推车的是个男孩子，车上坐着一位风姿绰约的老妇人。一头花白短发，白衫衣领子翻开，让我想起二十世纪五十年代着列宁装的女干部。

她一定就是那位曹琴了。她严肃地问曹处长：她姓什么？

曹中处长就问我：你姓什么？

他俩在气势上一闷棍就把我打得趴下，我连忙如招供一般吐出我的姓，曹琴凛然盯着我，用杭州普通话尽量字正腔圆地说：王同志，请您注意：第一，您要打听的事情和我家没有关系；第二，您不请自来，事先又不通报，那是不礼貌的；第三，我们姓曹，和姓罗的没有关系，以后请务必记住这一点，不要以讹传讹。

可是这张照片——出去！那前半句话是我的，后面两个字是曹琴的。一声断喝，加上双手握拳狠狠一敲，表达了毅然决然的铁血之心，一丝儿茶人的温馨也不曾见到。我从来没有看到过一个老太太威严起来可以这样，横眉冷对，星眼暴睁，怒发冲冠。我是倒退着出去的，还强挺着斯文不倒：再见，再见，改日再见……

一直走到大门口外西湖边，我才发现自己气得眉心乱跳。望着左前方的断桥，正不知所措，就见曹中拎着刚才那两盒放在门口的本山龙井匆匆向我走来，一边叫着：喂，你，拿去。

他傲慢无礼的样子几乎逼出了我的眼泪，而我的样子肯定也让他看出来了，他把盒子放到了我脚下，口气略微缓和了一些，说：我们家从来不和茶沾边。

我说：我不是故意的……

他迟疑了一下，说：我们也不是故意的。

刹那间，我从他的迟疑中捕捉到了一丝善

意，他那官气十足的面孔下露出一丝血缘给予的柔软的东西。

我又说：是那位姓杨的先生告诉我你们的情况的。

他的脸明显又阴沉下来，柔软的重新僵硬了，他又恢复成了那个令人生厌的曹处长：不必解释，到此为止。转身就走，走两步又回过头来，霸气十足地点着我的鼻子，说：重复一遍，到此为止，否则一切后果由你本人承担。

湖水在我脚下喷散暑气，白天它吃进了太多的热量，现在正一吐为快。站在里西湖的这个位置，我望不清外西湖的三潭印月，只看见断桥上缀满了蚁动着的红男绿女。那个叫罗哲

# 三潭印月的历史

**壹 / 吴越国时期**

岛上建"水心保宁寺"

**贰 / 宋元祐五年**

苏轼疏浚西湖，为防淤塞，于湖中立三座石塔，规定三塔范围内不得种菱植藕

**叁 / 元代至明初**

统治者对西湖"废而不治"，西湖淤积成患

**肆 / 明孝宗弘治年间**

三塔被毁，只留塔基

**伍 / 清代至民国**

三塔逐渐得到修复

**陆 / 中华人民共和国成立后**

三潭印月得到了保护与发展

修的文艺青年，如果他的魂灵一息尚存，发现他已经在人间被真正抹杀了，他的姓名被删除，他的传奇被荡涤，有关能够回忆起他的一切蛛丝马迹都被回避——他们甚至连一个"茶"字都不敢提，他还会义无反顾不改初衷吗？

我从口袋里取出那张塞在信封里的老照片，端详着拥抱石塔的这对中外青年。我想起那个为他们摄影的人，当年他十六岁，他是打开什么样的半幽半明的心扉，打量这两个迥然不同的灵魂并按下快门的呢？凭直觉，我心中涌起对那位垂死的杨彼得的丝丝怀疑——我能够猜测到杨的叙述中是留下空隙的，这可能正是罗哲修的离异之妻及其家人对我如此反常无礼的真正原因。我简直可以说是火急火燎地跳起来，骑上我那辆破车，就往城里的耶稣堂弄奔去。

大杂院门前乘凉的人真是好记性，说：你是前日来过的。杨彼得昨日死了。

我的身体唰的一下冰凉，冷汗与热汗就掺在了一起。他没说什么吗，没留下什么吗？我愣了半天，才问出那么一句听上去很功利的话。

你也在记挂他的房契啊。没有，房契他不肯拿出来。你在他枕头底下塞了两百块钱是不是？人家说他和老外有往来的，要不要留个电话，他们从火葬场回来告诉你。

……

我推着自行车缓缓归家，我已经不再气急败坏了，那张泛旧的老照片仍然插在我的口袋里，但我已经不想再将它公之于众了。

## 九　令人吃惊的久违相逢

十几年也可以世事沧桑的了，此时走在我身边几乎裹挟着我去见他父亲的罗宁，正是当年推着奶奶从里屋出来的男孩。一箭虽逝，宿怨未消，我还是做不到无动于衷，问：曹处长应该高升了吧，一会儿我怎么称呼你老爸啊？

王老师你别这样，罗宁却站住了，好像要

告诫我，让我有什么心理准备似的，你就叫我老爸罗中吧，叫老罗也可以，他早就不当处长了。官场失意，情场也失意。我四岁时我妈就跟一个香港大老板跑了。

怪不得那次去他家没发现女主人。我绕过弯来说：那你妈一定是个美人。

罗宁笑了，说：王老师你真是一针见血。我们罗家人从我爷爷开始就是情种，郁达夫说"生怕情多累美人"，我们罗家是美人不累，累死自己。

罗宁知道郁达夫名句，可谓隔代遗传，我当刮目相看。说话间我们就到了清河坊的太极茶道，罗宁说他就在这里体验生活。这家两层楼的茶艺馆其实我很熟，一色的青年男子跑堂，追求清末民初的市民茶馆风格，还有一道凉水泡茶的绝活，大江南北一时声名大噪。罗宁让我先在楼下等一会儿，他上去通报老爸下来迎我。我忙说不用，罗宁固执，非得按他的规矩来，我只得站在楼下。一会儿父子俩出现在楼梯口，我这才知道罗宁为什么非得让我等一等了。

但见这个十几年不见的曹中——不，是罗中，西装扣子大开，领带歪系，裤腰挂下，歪歪斜斜地跌出到楼梯口，大叫一声：王老师！老朋友，你终于来了……

我眼看着他身后的罗宁迟了一步，罗中就一脚踏空从楼梯上滚下来，一直跌到我身旁，我一把托住，一股酒气扑鼻而来，他笑容可掬地抬起头，我看到一张被生活摧残的中年男子的面容。

他一把拉住了我的手，用越剧腔念白而出：王老师，你来迟了……

他并没有发胖，也无脱发，但两鬓斑白，眼角下挂，眼袋青肿，面颊上从鼻翼到嘴角，是两道深深的刀刻一般的皱纹，越笑越显其悲苦。我托着他酒意盎然的沉重的身体，连连点头：好的好的，又见面了。便和罗宁一起扶着他，坐到楼下里间的八仙桌旁。罗宁一边忙着找靠背椅一边向我道歉：王老师对不起，对不起，一不留神他就喝成这样，要不我们下次再谈——

——闭嘴！你给我闭嘴！是我要见王老师，

还是你要见王老师！但见罗中一跃而起，一拳砸在桌上，又重新瘫倒在椅。我连忙打圆场：我不走我不走，都是老朋友了，想见还没有机会呢。罗宁你不要说了，我又没事，男人喝个酒算什么，快帮你老爸泡杯醒酒茶。

罗宁只好摇着头张罗去了。

醒酒茶上来了，我们扶着罗中的脑袋朝他嘴里灌了一口，他一嘴两用说个不停：王老师我介绍你一家饭店，说出那三个字来，你不晓得才有鬼！你听好了——皇！饭！儿！皇饭儿！喏，斜对面，它那里一道招牌菜名扬天下，砂锅木郎豆腐！

为了表示我和他有共同语言，我搭腔说：皇饭儿我晓得的，当年司徒雷登最喜欢到这里

# 皇饭儿

　　杭城百年老店"皇饭儿"，又名"王润兴"，始创于清道光二十四年（1844）前后，至今已有160年的历史，为杭帮菜的"龙头"菜馆。民间传说的乾隆皇帝品尝鱼头豆腐的故事，就发生在这家菜馆里。皇饭儿的名菜鱼头豆腐、咸件儿等，享誉杭城百年，素为中外食客所赞赏。司徒雷登便是皇饭儿的常客。

来吃门板饭，他每次回杭都要来吃这里的砂锅木郎豆腐，就是砂锅鱼头豆腐嘛，回家时手里还拎一串件儿肉。罗处长你口福不小，知识面很广啊！

他连连摇手摇头，感慨地说：好汉不提当年勇啊！

他突然睁大了蒙眬的酒眼，天真而又企盼地望着我，这目光实在让我于心不忍，只好说：听说过，听说过……发现这话似乎分量还不够，又狠狠地加了一句：都知道你当初是名震一时的大秀才！

话音刚落，又是一声巨响，一只茶杯落地砰然而碎，罗中无视，大叫一声：罗宁，听到了吗？你看不起我有什么用！有人看得起！有人！王老师！

他一把拉住了我的手，这才彻底醉去，鼾声如雷了。


我和罗宁闷坐在旁，罗宁说：王老师你快回去吧，太对不起你了。

我提醒他：你注意到了吗？你爸爸说和你爷爷去过皇饭儿吃饭……

罗宁语气不屑：你听他酒话，爷爷入狱时他不到三岁，他记得什么？

我为罗宁的不恭不安，罗宁却好像已经猜透我心思：王老师你不要取笑我老爸，心里也不要取笑。我老爸从前真的很出色……他就是从我奶奶接受爷爷后开始崩溃的。我奶奶心安理得地跟爷爷的名字葬在一起，可我老爸却完了。他开始酗酒，出洋相，一次一次被人送回来，一天比一天严重。开始大家还原谅他，后来就烦了，你知道这是个什么社会，谁会要一个酒鬼，我们的罗中同志就这样被时代的车轮抛在后面了。

我这才知道，罗家父子很早就开始找我，因为我是这么多年唯一一个想要了解罗哲修真实经历的外人。

我们找到穗庐了。罗宁眯起双眼，大有深意地点起头来，好像身边并不曾趴着一个不省人事的老爸。现在，他和我初识时看到的那个"幾米"式的都市少年，完全判若两人了。

## 十 第三次见面在穗庐

　　我在穗庐目睹了罗中的沿台阶而下，这是他给我的第三个印象了——既没有第一次的傲慢做作，也没有第二次的歇斯底里，现在他是一个略显内敛的正常的中年男子，收拾得干干净净，只是眼袋略微下垂，透露着昨日生活的一丝印痕。他陪着我往上走时说：其实这地方很好找的，就在北山街口，杨公堤对面，我从小就在这里来往，不知路过多少次。

穗庐就在湖边，深浅错落，刚刚修复，尚无人进驻，有一种待字闺中的寂寞。拾级而上，进大门，是一幢二十世纪二十年代的西式别墅，门口有牌，介绍穗庐来历，这里原是广州一商人所置产业，广州别号"穗"，故名，建筑有岭南风格。穗庐嵌入山洼，有一个大庭院。主楼高高一层，三开间，顶面铺成几块大阳台，错落有致地摊开。从庭院出来继续往上走，沿路有一石亭，其后十几间小平房列成数排，又是阳台和石级。再到山顶，有一座亭子，桂树、桃树、柳树、杜鹃花、迎春花，从上往下眺，金沙港的水杉林和里西湖就在眼前。一般来说，

# 穗庐

　　穗庐位于北山路94号，依山面湖，可远眺西湖风景。穗庐原是广东人鲍柏麟的住宅，亦称鲍庄，从园林布局到鱼池堆砌，都颇具岭南风韵，且集住宅、家庙、坟墓为一体。建筑多用青砖、水磨石、石条、石板，防潮防湿，院内的方亭与八角亭也均为石砌，为西湖私家园林罕见。

西湖还是如国画一般淡雅的，找到一个集中浓厚如油画的角度也非易事，怪不得斯维洛夫选中此处下榻——此处情甚浓。

罗中问我第一感觉如何，我说：没想到就在眼皮底下。罗中说：我们以前没有发现，主要是没想发现，真想发现，能发现不了吗？

罗中凭栏远眺：王老师，我知道你对我母亲印象不佳。

其实我对他母亲并没有太大的兴趣，我的目标始终锁定那对石塔上的青年。罗中显然看出来了，说：我不会回避斯维洛夫和我父亲的关系，可是在我正式讲述之前，我首先要为我父亲定个位——他是称得上"时代之子"的人。他突然端了起来，高屋建瓴地对我说。

看来罗中喜欢宏大叙事，可我没有被他的史诗式的开头镇住，这显然让他有些失望：如果你不把这个命题想明白，你是无法理解我父亲和白俄贵族斯维洛夫之间的关系的。斯维洛夫是一个反激进主义者，一个唯美主义诗人，按阶级分析学说，他就是我父亲的阶级敌人。他们怎么会成为朋友？

我只好回答说：因为"落花时节又逢君"吧。

罗中的脸色黯了一下：你这么回答虽有歧义，但也不完全错误。他们都喜欢唐诗，都迷恋西湖，他们都是浪漫主义者。但我认为，你把我父亲理解小了，我父亲要伟岸得多。

空气中飘荡着香樟花的气息，满地黄花花的飞絮，花粉钻进我们的鼻孔，我们开始接连不断地打起喷嚏，而罗中则在这一连串的喷嚏中，带着我一圈圈绕着穗庐上坡下坡地散步，并不受干扰地开始了他的叙述。

　　我父亲出于什么动机和斯维洛夫建立这样亲密的关系并入住穗庐，这是他后来最难以说清楚的疑点之一。

　　据我父亲在审讯时的交代，他是受了地下党指派，把穗庐茶舍作为地下工作站，才接近斯维洛夫的。组织上为此还审查过我母亲。父亲住进穗庐茶舍的日子，我母亲正与我父亲热恋，而审查我母亲时她已经和父亲提出离婚，和许多因政治原因被迫离婚的人不一样，我母亲是主动提出的。母亲临终前和我长谈过一次，向我承认，她当初认定父亲因为在感情上背叛了她才导致他进一步背叛祖国，这个推论看来是错误的。这也使我明白了一个简单的事实，我母亲并非因为我父亲背叛共产主义理想而弃之而去，我母亲是因为父亲背叛了对她的情感才与他离婚的。

他停下来看我，说：即便是你，也未必能够完全听懂我讲的事情。他在打击我的倾听欲望，然而他也并没有因此放弃以他的方式向我诠释他的父亲，并且在诠释中也没有忘记展示自己。在那些绕来绕去的叙述中，我还是理出了一条由后人描绘的、有关罗哲修的生命轨迹。

# 十一　父亲和母亲的第一次接头

　　我父母相识时，除了年轻热情投身革命一致之外，可以说没有相似之处。我祖父是个刻碑匠，给西泠印社的一班创始人丁仁、王褆、吴隐打下手，有了点本钱，就在孤山脚下开了家印庄，小户人家，温饱而已。这种集低微与深奥于一身的职业

# 西泠印社

西泠印社创立于清光绪三十年（1904年），由浙派篆刻家丁仁、王褆、吴隐、叶铭等召集同人发起创建，会聚了一批篆刻、书画等领域的精英。历任社长为吴昌硕、马衡、张宗祥、沙孟海、赵朴初、启功、饶宗颐。西泠印社社址坐落于孤山西麓，社址内包括多处明清古建筑，园林清雅，景致幽绝，人文景观荟萃，摩崖题刻随处可见，有「湖山最胜」之誉。

是很奇特的，因为祖父的关系，我父亲从小就在琴棋书画中熏陶，家里还找了灵隐寺一位武僧做了他的师父，以习武强身。谁也不知道父亲是如何成长为革命者的。

一九四八年，父亲的公开身份是子承父业的一个传统印人，实际上却是学潮汹涌的杭州反饥饿运动中的共产党骨干分子。他在浙江第一师范学校读书时就秘密加入了中共，印庄一度是地下党的接头地点。经历了火车上的突发事件后，我父亲隐避了一段时间，刚刚恢复工作就被斯维洛夫找到了，我父亲利用斯维洛夫的关系，把穗庐作为新的联络站，表面上则是一个茶舍。为此，组织上安排他与一位家中开茶庄的进步女大学生建立工作关系，这位女大学生，就是我母亲曹琴。

我母亲投身革命的动机很怪，因为失恋。曹家在上海、杭州、苏州一带都开着茶庄，她是在上海滩长大的千金小姐，在上海读的大学，经家人撮合，和上海一个门当户对的小开谈恋爱，谁知被耍了，她由此成了一个专和家族作对的叛逆青年。

为了疗伤，我母亲转回杭州老家浙江大学就读，被选中成了地下党的外围人员。所以我母亲其实和斯维洛夫一样，与我父亲相识都可以说是歪打正着。

我母亲本来性格就单纯急躁，凡事爱抢先一步走，失恋后性急成为峻急，甚至咄咄逼人，这毛病从她和我父亲相识那天起就暴露无遗。他们是在之江大学校区旁六和塔下的茶室接的头，暗号是一本书。对，就是那本《唐诗三百首》。

我父亲手里拿着书，我母亲先到一步，看见我父亲就顺时针晃动茶杯。我父亲就走到她身旁，问：可以坐下吗？我母亲说可以。然后我父亲开始读书，我母亲就问：是《唐诗三百首》吧？我父亲说是。我母亲问：先生你以为唐诗三百首，压卷之作当是哪首？我父亲就开始背那首《江南逢李龟年》。按约定，应该是由我父亲开头，然后我父亲和我母亲各念一句，念完了，就算是接上头了。可是我母亲总

**岸边看六和塔　[美]西德尼·甘博**
摄于1917—1919年间

六和塔,又名六合塔,始建于宋开宝三年(970),为典型的八棱形楼阁式宝塔,塔基原址系吴越王钱弘俶的南果园,钱弘俶为镇压江潮而建塔。六和塔庄严而雄伟,是杭州重要的宋代建筑,标志着南宋时期的建筑科技与艺术水准。

是抢先半拍上去压着我父亲念，我父亲每次刚念半句，我母亲就接上去盖了我父亲的后半句。结果这个接头暗号就成了这样：岐王宅里崔九堂前几度闻，正是江南落花时节又逢君。

我父亲一时拿不定主意，不知道这个缺字断句的暗号算不算，他该不该接这个头，我母亲却突然伸出双手，把《唐诗三百首》紧紧握在手中，实际上这就等于握住了父亲的手，她激动地低语：同志，终于找到你了……

……王老师我希望你不要笑，不要以为我在演戏，我讲的都是我母亲病重期间告诉我的。临终前她最担心的就是我不执行她的遗嘱，她几十年都把我父亲视为敌人，快死的时候突然又把他视为战友和亲人，她要我发誓一定让他们生不同辰死同穴，然后她就开始不停地回忆她和我父亲的往事。她总结说我父亲最可贵的品质就是忠诚，可是在我看来，我母亲实际上已经神志错乱了。我父亲死后无人收尸，所以骸骨无存，我母亲只是和她已经离婚的丈夫的假想的骨灰同穴罢了。

他戛然而止，像是突然中了一弹，也许是想起了什么不堪回首的往事，望着湖面，怔了好一会儿，才回过神来，面露苦笑，说：对不起，刚才我说到哪里了？

我非常想知道他父亲的死因，但看他的神情，只好说：你好像有些不舒服吧，我们有的是时间，如果……

他连连摇手不让我说下去：不过是个开场白，我还没有正式开始呢，我们要不要找个地方吃饭。对面，岳湖楼，我请你吃饭。他突然振奋起来。我想他是想起他的酒来了。可我必须拒绝他，我觉得酒不但不能够使他吐露真言，反倒还有可能麻痹记忆。我们沿着石级往下走，朝右一拐，进了庭院。大香樟树把半个庭院遮阴了，我面对锁着重门的厢房，说：不知道当年你父亲住的是哪一间。他可真了不起，竟然把地下活动搞到这里来了。

罗中打起了精神，说：那时候杭州城里许

多标语传单都是我父亲在这里印制匿藏的。我父亲白天帮着斯维洛夫打理茶舍，夜里就在这里搞他的地下活动。我父亲还在这里藏过一些进步书籍，有些书就藏在斯维洛夫的房间里。

你是说，你父亲把斯维洛夫也发展成共产主义者了？罗中的话让我吃惊。

不不不，斯维洛夫并不赞成共产主义，他只赞成我父亲。他一边那么说着，一边踮起脚来朝锁着的毛玻璃门内望去。这是二十世纪初的老别墅，门玻璃镶得很高，我跟着踮起脚来，还是看不到室内全貌，便问他：你看到里面还有什么？他回过头来，朝我摇摇头。

# 十二　杨彼得看到了什么

十六岁的杨彼得看到了一些东西。

可以想见，杨彼得的少年时代比常人要怪异迷茫痛苦多少倍，因为肉体和灵魂发生着不可思议的撕裂，他不知道自己如何去爱，爱谁，不知道自己属于谁。别人告诉他，回答这些问题是上帝的事儿，然而上帝太高太远，对他的验证太严酷太不可思议，由此我们或许可以理解他何以对诗人斯维洛夫有着圣徒般的狂热和矢志不渝的迷恋。

温厚地品尝着饼干与糖块的斯维洛夫，金发的温文尔雅的华丽的斯维洛夫，迷人而忧伤的微笑的斯维洛夫，腰缠万贯而又一掷千金的率性的斯维洛夫——杭州天主教堂花园角落里长大的杨彼得认为他就是上帝专为他派来的天使，因此他渴望成为他手握的一卷书、一杯茶，围绕于他脚下的一只猫、一条狗，他盘中的一道菜，他别在胸口的一朵玫瑰，他渴望被他修长的手指握住放到唇边轻轻一嗅，哪怕接着顺手扔掉。

穗庐茶舍完全是罗哲修一手开拓出来的，

斯维洛夫除了扔下一笔钱，给自己起了一个"穗庐茶主"的名号之外，根本不管事。白天斯维洛夫就在湖上徜徉，把东方那些美丽的诗句翻译成母语，其他的事情统统交给了罗哲修。罗哲修在穗庐张罗茶事，有时候也把印章带到这里来镌刻。夜晚，杨彼得磨墨，斯维洛夫铺纸，罗哲修用那非常秀丽的褚遂良楷体抄录了数百首唐诗，并在每一张纸的右下角都盖上了自己的印章"又逢君"。

一个星期中会有那么两天斯维洛夫在上海苏联塔斯社远东分社工作，他对他的中国朋友说：这项工作的根本意义，就在于我因此能够成为一名中国专家，我只为此而兴奋，否则每天敲击打字机翻译这些毫无意义的争斗，于我

［清］王原祁　西湖十景图（局部）

便成为不得已之事了。

　　说这话的时候，他就坐在庭院香樟树下的石凳前品茶。上午八九点钟的天光照耀庭院，茶客们都还在湖畔徜徉。初夏之风吹来，盈盈绿茶中就落入了几枚细细的树籽，罗哲修正在刻那枚"穗庐茶主"的印章，斯维洛夫则陶醉在他的伊甸园中。

　　煞风景的是，曹琴不请自来了。在筹办茶舍的过程中曹琴来过几次，她是那种让人惊艳的美人，略知茶事一二，便颐指气使，热衷表达，说话语速又快，往往冲口而出。罗哲修曾经告诫过她不经同意不要随便与他联系，但曹姑娘已然对他一见钟情——对上海小开有多恨，对罗哲修就有多爱，那个空档是一定要填补的。

借着茶事，她隔三岔五来穗庐。罗哲修从不向斯维洛夫和杨彼得解释他和她的关系，他知道他们都不怎么喜欢她。

她一进院子就开始得罪人：斯维洛夫先生，请您别忘了，为苏俄工作至少让您有了茶钱。

斯维洛夫显然并不欢迎这种随意插话的风格，他没有搭腔，曹琴就继续说：我的回答您不敢苟同吗？

斯维洛夫很有礼貌地点点头：您的话很有道理，我的家族已经和我一刀两断了。

家族是个敏感的词，是曹琴深恶痛绝的，她开始迁怒，一边拎起那把坐在小炭炉上的提梁壶为斯维洛夫续茶，一边得意地问道：斯维洛夫先生，我送来的龙井茶好喝吗？

斯维洛夫那天用的是盖碗茶盏，他一边琢磨着用拇指与中指捏住茶盏，又用无名指抵住盏托，一边翘起了小指，然后高高举起，对罗哲修说：亲爱的罗，是这样把盏的吧？

曹琴感觉到了斯维洛夫的故意怠慢，她要对他没有正面回答她的问题做出反抗：亲爱的塔斯社译员先生，请您把兰花指收起来，这是放肆的手姿，中国男人不这样把盏。

斯维洛夫继续跷着他的兰花指，沉浸地品饮了一口茶，赞美地说：龙井茶，虎跑水，西子湖，龙泉窑，梅兰芳……他动动小手指，显然是指梅兰芳京戏中扮演的那些美女，然后欠起身来，热情洋溢地看着罗哲修：还有——又逢君！然后，他突然拿起那枚正在刻制的印章，举在手中：还有，穗庐茶主！

他的这个举动让曹琴略微一怔，斯维洛夫重新坐下，耸耸肩一摊手，撇了撇嘴，一个不以为然的动作，以他诗人特有的迷人的口吻宣布：我只为美做出我的选择。虽然我的母亲反对我的学说，她说我们这一代人是政治的儿女。

您母亲说的没错。罗哲修取过斯维洛夫手中未完成的印章，表明了自己的立场。

斯维洛夫的目光依然有微笑，但他的口气开始认真：我拒绝用"我们"这个复数，命运只有单数，我，你，他，她，因为所有的美都是由个体组成的。

曹琴激烈起来了，说：我不能够理解您所说的"美"，斯维洛夫先生，时代是无法逃避的，即便你从西伯利亚逃到了西湖也无济于事。

斯维洛夫沉默了，他轻轻地掸着帽子上的灰尘，好像自言自语：是吗？亲爱的罗，真是无济于事的吗？

杨彼得把这一切都看在了眼里。似乎一切正常，斯维洛夫还在看他的报纸，罗哲修还在刻他的印章，大香樟树的树籽依然夹着一阵阵的风往下跌落，掉在他们的头发上，掉在他们的报纸上，甚至掉在他们还未刻完的印章上。但杨彼得知道事情已经有所变化，他紧张得喉口发紧，不知道是在为谁担心。只听得树籽往下掉，噼啪噼啪……罗哲修终于修好了印章，并蘸着西泠印社吴隐制作的印泥，在纸上按了

**吴昌硕印章**

印文"西泠印社中人"。边款："石潜、辅之两兄属刻，持赠书徵三兄社友金石家。丁巳春仲，安吉吴昌硕"。

一个模印。杨彼得也看出了，四个字——"穗庐茶主"。

罗哲修拿起来，对斯维洛夫说：您看我的手艺？斯维洛夫侧过头来隔着桌子看了一眼，好像若无其事地说：不错嘛，谢谢您啦。罗哲修淡然一笑，说：您别在意，这位"茶小姐"有着酒的性格，但她没有丝毫对您不敬的本意。

斯维洛夫也释然一笑，注视着他的好朋友，说：我不可能不在意，亲爱的罗，因为她的本意不会波及我，却会波及您。

没那么严重吧？罗哲修想避重就轻，他的使命与这位追求唯美主义的白俄贵族有了分歧，而他又必须把这一切掩饰起来，因此他变得像李商隐的"庄生晓梦迷蝴蝶"那么多意，他不知道他之所以被人迷恋正是因为他的这种貌似暧昧的隐藏。相比而言，斯维洛夫则如"春眠不觉晓"的孟浩然一般明媚纯粹，他们之间，已然形成了那种令人惴惴不安的关系。他们的对话是错位的，要小心啊，一切都要小心啊。平时他们总能成功地避开一些敏感话题，但这次不行，斯维洛夫若有所思地端起茶杯，说：小心，不要让她进入您的命运。小心，不要让她的风格伤害您。

杨彼得是所有这些对话的唯一旁听者，实际上他也是穗庐茶舍的唯一的"茶博士"。罗哲修显然对斯维洛夫是有所回避的，对他杨彼得却有一种心不在焉的忽视，倒是杨彼得对罗哲修始终保持着一种与生俱来的警惕，渐渐发现了一些蹊跷之处。每每当斯维洛夫去上海之时，罗哲修就会接待一些奇怪的茶客，他们几乎没有真正地泡过茶舍，但每次手里都会拎上一些东西，有时会带来一些箱包锁进罗哲修的屋子，有时候又会从屋里带走一些拎包。有些斯维洛夫不在的夜晚，他们会进入罗哲修的厢房，而他们究竟是什么时候离开的，杨彼得却全然不知。

## 十三　不敢说出名字的爱

那日斯维洛夫傍晚就从上海赶回，比他原来说好的日子早了一天。杨彼得注意观察罗哲修的神情，发现他不动声色，自己便惴惴不安起来。上午正是他悄悄给斯维洛夫打了一个电话，希望他能够早一点回来。斯维洛夫问他有什么事，他模模糊糊地说，罗哲修的朋友有些杂，最近当局经常搞突然搜捕，主人不在，他心里有些害怕。搁下电话他又后悔，就像吸水的海绵，他开始在斯维洛夫与罗哲修之间膨胀起来。

斯维洛夫建议不做饭了，他正巧拎回一盒中秋月饼，打算就着茶当晚餐在庭院里赏月。罗哲修却突发邀请，说三人一起去清河坊皇饭儿饭店，他请客。斯维洛夫顿时双眼发光，激动得好像得了恩赐，抓住罗哲修的双肩，说：砂锅木郎豆腐，门板饭，亲爱的罗，我知道您会给我惊喜的。

只有杨彼得看出了罗哲修的那一丝尴尬：他轻轻晃动了一下，摆脱斯维洛夫的手，说：您不是一直想尝尝司徒雷登最喜欢吃的杭菜吗？

就那么一刹那，杨彼得被刺痛了。


那晚杨彼得一开始表现得过于夸张，坐在黄包车上不停地向斯维洛夫介绍皇饭儿的门板饭，他半男不女的嗓音像钝刀子割肉锯个不停，斯维洛夫终于忍不住问他究竟有没有吃过皇饭儿的饭，杨彼得这才像挨了一棍似的闷住，实际上他连清河坊都没有去过。

到达皇饭儿之后杨彼得显得手忙脚乱。向晚时分正是门板饭最热闹之际，斯维洛夫对此极感兴趣，不停地对罗哲修说，这个好这个好。杨彼得一听斯维洛夫要与引车卖浆者之流一起吃门板饭，跑来跑去地找座位。门板饭就是把门板放下在店口搭成一长溜，卖力气的人一排排坐在门板前的小板凳上，到了饭点人们早就一个萝卜一个坑地把门口塞得满满的。杨彼得倒着脚站在几个他以为就要吃完饭的人力车夫后面，一会儿探头，脸凑到他们面前，像个高度近视，然后又低声下气地催他们快吃，一边还用手指着斯维洛夫站着的方向，嘴里嘟嘟哝哝，谁也听不清他在说什么。衣衫褴褛之辈好奇地看看杨彼得，又看看旁若无人的斯维洛夫，幸亏在柜台点完菜的罗哲修，把他们从失措中领出来。他们很快找到座位坐下，掌勺的给他们打上了三大碗白米饭，正是那种打得高高尖尖压得结结实实的门板饭。斯维洛夫兴奋地看着这碗宝塔一样的饭，手中提着一双筷子，他不知道如何下手。罗哲修很有经验地俯下脸去

门板饭　[美]西德尼·甘博　摄于1917—1919年间

对着那个塔尖咬了一大口，告诉斯维络夫，就这样吃。斯维洛夫如法炮制埋下脸去，待他抬起头来，罗哲修忍不住大笑起来，塔尖不见了，倒是斯维洛夫的尖鼻子上沾了几粒米饭。罗哲修抬手摘下了他那几粒米饭，斯维洛夫笑着笑着就怔住了，一边把自己的饭和罗哲修的那一碗调换了一下。罗哲修一边依旧笑着，一边魔术似的又把眼前那碗饭和杨彼得的换了个个儿，然后也是一大口，抬起头来，他的脸上干干净净，一粒米饭也没有。

饭毕天色已黑，斯维洛夫建议游湖，说：听说十五的月亮十六圆，我还没有去过三潭印月呢。罗哲修一听也说好，说等一等，他带点东西去。一会儿工夫，他从旁边南货店里出来，杨彼得看到他抱着酒坛，还拎着一个纸包，说：我让您尝尝江南的女儿红……斯维洛夫夸张地搓着手，高兴地叫着：呵，美酒，月光，西湖……亲爱的彼得，请您记住女儿红，我们将有一个令人难忘的月光之夜……

而杨彼得则从极度兴奋跌入萎靡不振，他发现今天夜里他仆人的位置已经被罗哲修取代，罗哲修收起了他平常的老气横秋，表现出了他那个年纪应该有的青春活力，杨彼得那颗小小的妒忌心发作了，他认定今天晚上，罗哲修是反常的。


十六之夜的西湖，已经没有昨天的舟船多了，杨彼得坐在船头，斯维洛夫与罗哲修面对面坐船中与船尾，他们划到了塔边上。

　　已经是十月的西湖了，湖上拂来秋风凉意，月光把所有事物的轮廓都依样画出了一条银边，连湖面都镀上一层银片，月光甚至把星星们全遮蔽了，甚至把夜风也染银了，甚至把斯维洛夫的嗓音也柔化成银色的了。斯维洛夫沉浸在银色之中，他停一会儿说一会儿，说一会儿停一会儿，另外两个人只听他一个人说。他停下来的时候嘴也没有闲着，他在饮酒，江南的女儿红，他在叹息，他很快就醉了，斜靠在船头，一只手托着脑袋，陶醉地说：亲爱的罗，我迷恋这一切，我因为迷恋这一切向上帝祈祷，我愿造物主创造世界时只有这样的月光，我可以为此永远将生命停留在黑夜……

……我想写一首诗，叫《西湖之夜》，我想写这个由无声的云彩和满月构成的世界……

……为什么我很幸福……因为此刻我回到了一个几乎是家乡的地方……

我喜欢中国，喜欢杭州，喜欢西湖，中国是我的温柔的继母，杭州是我的家园，西湖是我的至死不渝的情人……

亲爱的罗，我爱一切与您有关系的事物——这个国度里生活着的黄皮肤的男人都是我的兄弟，女人都是我的姐妹，这块土地上产生的独特的神话传说永远令我痴迷，甚至连这里的月光也独一无二……

他坐了起来，张开怀抱，大声吟咏：亲爱的罗，我爱这个孕育您生命的地方，您的白堤，您的六和塔、灵隐寺，您的雷峰塔……

　　他摇摇晃晃地站起来，隔着茶几张开双臂像要扑上去，却趴倒在茶几上，再抬头，却见对面坐着的罗哲修一闪，不见了，定睛一看，一个精灵嬉戏在了水中。杨彼得吓得"哇"了一下，罗哲修从水中露出头，扒住了船沿，说：等一会儿，我游到石塔上去，你们会看到一大群月亮……

　　他是潜游过去的，在水里他完全就是一条鱼，一会儿就到了石塔，他让小船划过来，让杨彼得从刚才买的那个包里拿出白棉纸和糨糊，又点起了蜡烛，把蜡烛放在一个托盘里，置入那石塔中，然后就将石塔上的圆洞都用白绵纸糊上。他轻轻地推开了船，发现只有杨彼得一

[清]佚名　刺绣西湖图册　三潭印月

人目瞪口呆地看着他，那不胜酒力的斯维洛夫趴在船头，已经被这东方美酒醺得微醉，迷糊过去了。

罗哲修毫不犹豫地扬起胳膊，一泼西湖水浇到斯维洛夫头上，斯维洛夫撑起身来，他迷蒙的眼睛睁开了。他晃晃脑袋，看看天空，看看水上，又看看水下，真的——他看到了一大群月亮……

巨大的冰黛色的湖面，像印在丝绸上的色块，一阵风来，丝绸抖动，色块也轻轻抖动。月光，湖光，灯光，月影，塔影，云影，烛印的圆洞，映出数轮月亮，数轮月亮映在水中，又幻出数轮月亮，此时的秋月之夜，一大圈淡黄色的月亮围着石塔，那个中国青年在众多月亮的包围中散发出柔和的光芒。

没人说话，可斯维洛夫还是低声自语：嘘……别说话，别触动不敢说出名字的爱……


这是一个多么完美的中国式的夜晚，一个"但愿人长久，千里共婵娟"的夜晚，一个君子和而不同的夜晚；这又是一个多么脆弱的夜晚，一个一阵微风就能吹皱假象的夜晚。杨彼得终于可以服侍佯醉半醒的诗人睡去，他从来没有看到斯维洛夫如此陶醉过。诗人却哭了，一边摸着小伙计的头——他正在给他脱靴子——一边倾诉：亲爱的杨，亲爱的小羊羔，我太痛苦了，你知道为什么我太痛苦了……

彼得不能控制地心乱如麻：是的，我知道，

因为那不敢说出名字的爱……

已经合衣半躺在床上的斯维洛夫怔了一下，张开了眼睛，小伙计的回答令他吃惊，他坐了起来，盯着他，突然想起来：为什么要把我从上海叫回来？你了解什么了吗？

是的，我了解，杨彼得脸色蜡白：我认为罗先生所爱的一切与您所爱的并不一致……

斯维洛夫的目光定住了，灯光下他呈现出失魂落魄的面容，这让杨彼得害怕了，一个声音告诉他：闭嘴！赶快闭嘴！但嘴已经完全不再听那个声音的警告，嘴说出了不是杨彼得想说的话：是的，我认为罗先生一直在利用您的信任，您的宽容与恩赐，他有他的朋友，他们在做一些非常隐秘的事情——

# 三潭灯代月

〔清〕丁立诚

三潭塔分一月印，一波影中一圆晕。

下弦无月怅夜游，塔里明灯火四流。

依然幻作三潭月，波绿灯红斗颜色。

湖平风静波不兴，繁星更放荷花灯。

诗人打断了他的话：——是的，这些我都知道，有时候他还需要我的帮助。这是他的信仰，我尊重他的自由选择就像他尊重我的一样……

他没有尊重您的自由，我看见他和那位女士在这里，在您的茶舍……

杨彼得没能够再说下去，斯维洛夫站了起来，甚至没有来得及换上拖鞋，他赤脚站在地上，人一下子就变得很温和，他说：请您出去好吗？

## 十四　夜半穗庐的疯狂

　　我承认以上一大段穗庐往事，属于我对罗中叙述的富有想象力的转述，但最后一句则完全是罗中的原话。他坐在石凳上，架起二郎腿，手里变魔术一样出现一个小药瓶，当他叙述到"请您出去好吗"这句话时，手潇洒地一挥，像在对我重复一个道听途说的传奇，然后就着药瓶子对嘴仰面饮了一口，一股劣质白酒的气息扑鼻而来。他笑一笑，口气突然很轻松，他说：这东西能让我长记性。

他此时的表现使我对他叙述的可靠性产生了某种程度的怀疑，我突然就生出了许多的疑虑，问他怎么能够把事情知道得那么详细。他立刻便在口气中加入了不屑：这有什么大惊小怪，我看过父亲的审讯记录，审讯重点是要我父亲交代什么是"不敢说出名字的爱"。我找不到父亲的回答，却找到了杨彼得的。总之，在杨彼得嘴里，"不敢说出名字的爱"最后成了对国民党反动派的爱，对帝国主义的爱，对人民公敌蒋介石的爱，对特务间谍的爱，对资产阶级臭流氓的爱……

可是我想你母亲总不至于轻信这样的一面之词吧，她多少也是当事人嘛。我点了他一下，就见罗中跳了起来，几步跨到门前，握着那个药瓶子，抿了一口，就解说道：事情就出在这里，我父亲几乎和所有的男人一样，犯了一个致命的错误，那天夜里他没能够抵御住女人的眼泪和激情，他借吃门板饭和湖上赏月之际调虎离山，让我母亲趁穗庐无人之时潜入他的房间，连夜印制标语传单，然后带出去散发。可是他们没有想到，那天夜里，斯维洛夫爆发了。

罗中面向住房，两手撑开：你看到了，斯维洛夫住在左边厢房，我父亲住在右边，他们之间本来就只隔着一间正房，从湖上回来，他们互相道了晚安就各自回房。我父亲绝对没有想到两个小时之后斯维洛夫会再来敲他的门。这时候我父亲和我母亲正摆开架势大印革命传单，听到外面的敲门声他们大惊，一时不知如何是好——

我指着厢房的窗子，打断他的叙述：可以跳窗啊。我注意到这间厢房三面都有窗。

跳窗也未必能够安全，我父亲一边吹灭烛火一边移到门旁，当他能够感觉出来只有斯维洛夫一人时，就松了一口气，暗示已经趴在后窗口的母亲先不要动，然后又劝斯维洛夫回去休息，有什么话明天再说。他没有想到斯维洛夫突然就开始歇斯底里，他压低着声音开始用肩撞门，一边咆哮……

罗中已经完全沉醉于往事，犹如一个身临

[法]梅朗　满月

其境的侦探，模拟着可能发生的史实，他一会儿扮演斯维洛夫，一会儿扮演他父亲，一会儿扮演他母亲，手忙脚乱，神情亢奋，气喘吁吁——

斯维洛夫用肩撞击这扇门时，我父亲就在门后，也用肩抵着门背，他们的身旁各自有一位历史的见证人。斯维洛夫身旁是被他的喊叫声惊呆的杨彼得，他吓得手足无措，不知道该如何劝阻斯维洛夫。同样，我父亲的身边是我母亲，她也同样手足无措，一方面是害怕，另一方面是因为父亲给她的奇怪的手势，我的父亲让她别吭声。

斯维洛夫一边撞门一边喊着：罗，您必须立刻就回答我的问题，您必须回答我，因为您不能无视这样的感情，除非您能准确理解什么是不敢说出名字的爱，您必须回答……

我父亲就在那边一边抵着门一边回答：我现在无法回答您，我请您回去休息，请您尊重我的意见。

我父亲用了"尊重"二字，这是我母亲临终时才告诉我的，这段历史以往她从来没有向我透露过。

然而斯维洛夫显然是已经被女儿红和杨彼得的告密激荡起来了，我无法确定这和那天的满月有没有关系，总之他发作了。他像一头困兽跳进了院子，他团团转着，大声地叫道：好吧，我很遗憾，既然连您这样最优秀的人也不敢正视真理，那我就不得不在此向您宣布我的真理了——

……我可以告诉您，"不敢说出名字的爱"在本世纪是一种伟大的爱，就是柏拉图作为自己哲学基础的那种爱，就是你们能在米开朗琪罗的雕塑、壁画和莎士比亚的十四行诗中发现的那种爱，就是那种深沉、热情的爱，它的纯洁与其完美一样。它弥漫于米开朗琪罗和莎士比亚那些伟大的艺术作品之中……在这个世纪，这种爱被误解了，误解之深，它甚至被描述为"不敢说出名字的爱"，为了描述这种爱，我站在了现在的位置。它是美的，是精致的，它是最高贵的一种感情，它没有丝毫违反自然之处……这个世界不理解这一点，而只是嘲讽它，有时还因为它而给人戴上镣铐……您，亲爱的罗，我要您明白我一直想告诉您的这个真理，我有责任揭示真理——

就在这时候，我父亲打开了门，搂着我母亲的肩膀，一起走了出来，他们走到了庭院里，喏，就是这里。他们银光闪闪，天生一对，看着那位已经发狂的诗人。

我父亲手里装满传单的箱子给了在场所有的人一个暗示，以为他们的确是一对准备出走的热恋的青年男女。其实那时候他们并没有确立关系，我父亲之所以最后选择了这样亮相，也许是感觉到斯维洛夫对于他的情感已经超过了他的承受能力，他必须给斯维洛夫一个正面的态度。

我父亲说：现在您都看到了。

斯维洛夫闷住了，他无论如何也没有想到，那位中国姑娘就在穗庐，看着他歇斯底里，听着他在月光下一泻千里的怒吼。

他茫然地将目光落在杨彼得身上，他问：你说的就是她？

缩成一团的杨彼得不敢抬起头来，他被他自己闯的大祸吓得神志不清了。

[清]董邦达　绘御笔中秋帖子诗

斯维洛夫茫然地又问我父亲：您要走？

其实这时候我父亲都已经走到门口了，他回过头来，没有忘记鞠躬致意，说：斯维洛夫先生，谢谢您这段时间对我的帮助，再见。

就这样，我父母在一九四八年农历八月的一轮西湖的满月照耀下离开了穗庐……

我们都不再说话了，穗庐在我们的眼前神秘起来。突然，罗中挥挥手，匆匆离开了现场。望着他的背影我想起来了，刚才那一大段关于爱的宣讲，正是英国作家王尔德当年在法庭上的辩护词，为此他还赢得了旁听席听众们的热烈鼓掌。多年前，为了纪念王尔德逝世一百周年，中国翻译了一批他的纪念文集，我对这段辩护词有印象。为了证实我的记忆，晚上我专门再翻书核实了一下，果然无差。"不敢说出名字的爱"源于王尔德的青年朋友道格拉斯的诗，其中有一段就是这样形容的——甜蜜的年轻人/告诉我你为何悲哀而叹息着/漫游在这欢乐的王国？请您对我说实话/你叫什么名字？/他说：我的名字叫爱。/……独居于这美丽的花园，直到它夜晚/不请自来，我是真正的爱/我让少男少女的心里/充满互燃的火焰/我才是不敢说出名字的爱。

我想罗哲修一定也是读过王尔德这段文字的，二十世纪上半叶，唯美主义作家王尔德是深受中国文艺青年热爱的作家，他的童话《快乐王子》、戏剧《温夫人的扇子》都曾风靡一时。

## 十五　下一代人眼中的穗庐

　　罗宁在穗庐的亮相与其父亲大相径庭。他的确有一种无知者无畏的愣劲。个子不高，但单腿做鹤立状，还是很挺拔，且一只手提一把大号的青瓷提梁壶，另一只手展开，踌躇满志的气概，像一只骄傲的小公鸡。

　　罗宁一如既往地自信，以为对我可以有求

必应，这一次约我相见穗庐，是给我看一段他刚刚创作的茶韵独舞《提梁》，这提议的确还是把我说得心中一动。我对那些总是戴瓜皮帽梳大辫子拎长注壶的晚清店小二造型实在是有些腻歪了，"提梁"这个词让我想到了当过杭州太守的苏东坡，如果在穗庐庭院中展示这段茶舞，长衫飘飘，玉树临风，光想象那赏心悦目之感就能让我身临其境。

罗宁是拎着一只CD放音机来的，阿炳的《二泉映月》，音乐选得很好，主题也好，他身穿的长衫也很好，提梁壶也很好，我甚至可以说他的舞姿也很好。我简直没法说他什么地方不好。可我认为，这一切和《提梁》没什么关系。

罗宁期待我的肯定，我自然是说好的好的，创意挺不错的，比我想象的还要好啊……

他眼睛就亮了：王老师你看我们把这里拿下来怎么样？政府正准备把北山街打造成文化一条街，我们联手来做这件事情行不行？我们能不能够在这里组织夜西湖夏夜茶会，可以表演，也可以品茶，搞几个《提梁》这样的节目还不是分分钟！当然，茶不过是诱饵，挣不了几个钱，还是得开高档酒吧、俱乐部，我们可以打斯维洛夫的牌子，吸引在杭州的外国人。俄罗斯文化，白俄贵族，今年不是中俄文化年吗？你知道斯维洛夫后来到哪里去了？他去了南美的巴西，巴西的咖啡是全世界有名的，我们还可以在这里开咖啡馆，以他的名字创建一个牌子，就叫斯维洛夫咖啡馆——

——那就没有穗庐茶舍了！我忍不住顶他一句。这聪明的家伙一定是明白了我的态度，但他一开口就收不住了，坚定不移地继续说着思路：没有穗庐茶舍有什么关系，茶舍挣不挣钱，关键看卖点在哪里。现在还有什么不可以拿来吆喝的——爱情、死亡，我们不就靠着这些吃饭吗？

他理直气壮地挂羊头卖狗肉，右耳上的耳环神采奕奕地注视着我，我恍然大悟，吴山茶会的终极目标原来在此，这和我对他的第一印象不免相差太远。我建议他就此问题咨询一下他父亲，这让他有所不悦，说：他整天醉生梦死，和他能够商量出什么来。

## 三潭印月放生池联

[明] 张岱

天地一网罟，欲度众生谁解脱；
飞潜皆性命，但存此念即菩提。

我可真是大为吃惊，反诘：那你干吗还把他重新引见给我？

他一怔才回答说：我原来以为你介入之后我老爸可以解脱出来，利用这个机会反败为胜。这个穗庐茶舍把我们一家害惨了，现在我要让它将功赎罪。我承认动过脑筋，想借我爷爷的关系把这里用优惠价租下来，可我老爸根本没有这个思路，他就是一根筋，对历史纠缠不休。我们昨天还大吵一场。别问我为什么吵，反正我们这一家一直就在吵架，从前是我奶奶和爷爷，后来是我老爸和我妈妈，好不容易安静下来，我老爸和我奶奶又翻了脸，现在轮到老爸和我了。

罗宁一边噼里啪啦往外蹦着字儿，一边走

到街口拦出租车：我奶奶临终前我老爸还在生她的气。又不是我奶奶害死的爷爷，我老爸那么恨她干什么。奶奶临终前把爷爷的几封信给了我，你看，这说明我奶奶对我爷爷还是有感情的，否则她会留下爷爷的文字吗？我老爸一直就在向我要这些信件，昨天他跑到我房间来翻箱倒柜，他疯了。罗宁钻进了出租车，余怒未消地说。

我扳住了车门，问：那些信件在哪里？

还能放到哪里，我现在只好走到哪里带到哪里。他拍拍他随手斜挎的这个小包，我这才明白他为什么会包不离身。

司机不耐烦了，催我们是上是下，快做决断，我只好坐进出租车。车开了，我咬了咬牙，自己都不相信自己的耳朵，开口就对罗宁说：我认为你的《提梁》创意一流，你的艺术表现力也非常强，你在你的领域里有巨大的潜力，我觉得你应该集中精力在这方面下大功夫，那些操作层面上的事情，什么酒吧啊茶馆啊咖啡厅啊，世界上有的是人做这些事情……

罗宁看着我，捂着小包迟疑地问：王老师你是想看我的这些信件吧？

我非常尴尬，然后我们俩都笑了起来，他轻松下来了，是终于决定说真话后的轻松。他说：这些信件也不是不可以先由你代我保管，可是我凭什么相信你？王老师，你要是和我老爸串通一气，我就没法做我的梦了。我还指望着这些信件帮忙，把穗庐吃下来呢。

穗庐鲍家院　吴国方　摄于2002年

我就问他有没有读过这些信，他说：我是读过了，都是我爷爷写给奶奶的信。我也不明白奶奶为什么不让我老爸看，是怕我老爸难受吧。罗宁把一个薄薄的大牛皮信封给我，说：王老师你看吧。不过你一定得说真话，你可别给我戴高帽子，我这个人经不住哄，你真觉得《提梁》可以吗？

我抱着那沓信，一边让司机停车一边点头，大声告诉他，非常棒的创意，超一流的金点子，祝你成功！

# 十六　一个丈夫写给妻子的申诉

　　罗哲修写给曹琴的信，全都是在审查时写的，有四封，信写于一九五二年春天，用的还是军管会的纸，我按照时间顺序排列读完了它们。

　　从第一封信分析，写信者还没有意识到事件的严重性，这是可以从他的字迹中看出来的。

黑色钢笔墨水竖排书写，楷体字清晰潇洒，让我想起笔者与西泠印社的那些金石渊源。

内容写得也很克制，是尽量客观的，但又有一种不由分说的辩解，罗哲修的文字也很好，那种暗暗的焦急埋藏在字里行间——

琴：

你好。已经三天没有见面了，不用为我担心，组织上只是找了一个安静的地方帮助我，以让我更方便回忆我和斯维洛夫之间的关系。此事你是从头到尾都知道的，据审查小组长告知，你向他们反映关于斯维洛夫与我交往之事，特别是后来我请斯维洛夫营救我一事，你从一开始就坚

穗庐八角亭及远处的曲院风荷　吴国方
摄于2006年

决反对，并与我做了坚决的斗争。因此我想在这封信里与你再共同回忆一下，会不会因为时间长了，我们的记忆出现了偏差。我知道关于我和斯维洛夫之间的交往，后来你是有着很强烈的反感的，但组织上同意让我们以通信的方式来互相启发一下，我觉得这也是最佳办法之一。

如果我没有记错的话，我是从穗庐茶舍出来一个多月后被捕的，直到今天还不清楚究竟是谁告密。显然出卖我的那个人并不了解我的真实身份，所以我在关押期间并未暴露党员身份，你也因此才能够以未婚妻名义探监。

是的，的确如你回忆，是我让你去上

海找斯维洛夫请他出面保释我的，斯维洛夫立刻就赶到杭州，并向国民党当局陈述了我们之间的交往纯粹是因为茶舍之事。斯维洛夫的特殊身份果然起到了作用。可是我并不知道保释我出狱还要一大笔钱，这是地下党组织一时来不及凑齐的，而你的父母发现你和我这样的危险分子接触，立刻就把你也软禁了起来。因此，事先我们确实都不知道，最后是斯维洛夫把穗庐卖了并用那笔钱把我保释了出来。

出狱后我和你一起去了解放区，第二年五月，又跟随解放大军回了杭州城。三年之后，我才重新有机会见到斯维洛夫。在这个阶段，关于斯维洛夫，我们并没有任何政治上或者其他方面的怀疑，我们也没有就此发生过剧烈的争吵。因此我想，也许你是把我们后来的那次争吵移植到前面去了。

关于那一次争吵，现在回忆起来，我痛切地认识到我的阶级立场是有了问题，因此使我丧失了在原则问题上的是非判断，我犯了严重的错误，为此，我可以接受任何处置。

斯维洛夫是在和杨彼得密谋离开中国时被拘捕的，他们之间的那些通信足以让我们对他们的活动引起高度警惕。我不应该为斯维洛夫开脱。但是当斯维洛夫提出要和我见面时，我还是同意了，并由此铸下了为斯维洛夫做证的不可挽回的大错。

当然，我之所以没有拒绝斯维洛夫，也是有一定理由的。当初，斯维洛夫曾经想到美国去，在旧金山口岸被美国移民局扣留，并在监禁三个月后又遣返回中国，这才让他产生了到巴西去的念头。毛主席说，凡是敌人反对的我们就要拥护，凡是敌人拥护的我们就要反对。既然敌人反对斯维洛夫，我们就不应该把他再往敌人那里推。如果两边的阵营都不要他，那么他该归属到哪里去呢？

而在这个问题上，你的立场是远远坚定于我的。你一再告诫我一定要心硬如铁，不能因为他曾经救过我的命，我就对他丧失应有的立场，更不能够因为他曾经在塔斯社工作，有苏联护照，就对他的反共反华立场视而不见。而我则以为斯维洛夫只是一个自由知识分子，生活方式上又有腐朽堕落的习气，但并没有想要把我拉下水一起叛逃的想法，为此我和你之间发生过激烈的争论，在西湖边争执到最后甚至还动了手。事实证明你是对的，他终于背叛了养育他的"继母"中国，在逃往巴西的大海上，甚至撕掉了苏联护照。如果不是因为我们拦截了他寄给杨彼得的信，他的面貌恐怕直到今天还会隐藏。为此，我永远感谢你对我的帮助和挽救。我一定会千百倍地重视你对我的提醒和指点，我相信我对党的赤诚，我相信党会挽救我的。对此我充满信心。

又，小罗中好吗？他想我吗？我非常想他，代我亲吻他，并告诉他，爸爸会回来的。

哲修于都宅

落款中的都宅在西湖郊区的茅家埠，是中国第一位制作出丝织像景作品的民族实业家都锦生的故居，一九四九年之后一度成为"双规"涉嫌违规违纪的党员干部的地方。罗哲修入了都宅，实际上已经失去自由。

第二封信紧接其后，横排书写，字迹也有些急促慌乱，显然写信者已经只有招架之功了——

琴：

我必须立刻给你回信，以解释来信中关于你揭发的那张照片的问题。我向组织，同时也向你做这样的保证，我的确和你们一样，都是第一次看到这张拍于三潭印月的照片，以及背面的题词。我真是惊呆了，因此我也可以想见你看到它后的心情。

此刻我的心情一直沉浸在极其痛苦的状态当中，因为我不但对你做了隐瞒，更是对我们伟大的党做了隐瞒，而本来这件事情是完全不需要隐瞒的。我直到今天还

## 丝织风景画

上图为都锦生织出的我国第一幅丝织风景画《九溪十八涧》(着色版)。都锦生之后,各丝织厂纷纷效仿,下图为启文美术丝织厂制作的《三潭印月》。

想藏藏掖掖，一想到这里，我就有一种罪该万死的心情。

实际上事情非常简单，根本无须隐瞒。我自敌人牢中出狱后，斯维洛夫提议以重游三潭印月的方式做最后的告别。这个小小要求并不过分，可是我也知道你不会同意，并且还会向组织汇报，而组织也未必允许我接受斯维洛夫的建议。这使我很为难，斯维洛夫当时毕竟还是一位同情中国革命的国际友人，而且又是从苏联阵营中来的，我没有理由不信任他。

关于我们那天的游湖，实在没有什么可说的，杨彼得的确给我们拍了一些照片，因为我们很快去了解放区，这些照片我都没能够看到。

你问我照片反面的题词是什么意思，我想，应该是斯维洛夫对中国文化的一种表达吧。

琴，我再也没有什么可以向你隐瞒的了，请你相信我，否则我还能以什么来让我们的党信任我呢？

哲修于都宅

第三封信一开始写得惊慌失措，最后却情绪激烈，罗哲修像一条挤干的牙膏，在压力下又挤出了一点东西，同时挤出的还有自己的对抗性的申辩：

琴：

　　我真是罪该万死，竟然在组织如此宽宏大量，而你又如此苦口婆心的情况下，依然还有所疏漏。但是我必须在这里剖肝沥胆地坦白，这件事情的确不是我故意隐瞒的，事实上我就是忘了，现在经你的提醒，我全部想起来了。

　　我出狱后赴斯维洛夫三潭印月之约时，按照我当时地下工作的惯例，手里拿着那本《唐诗三百首》，我不是不知道这本书对我们的意义，我们第一次接头就是靠着它，它是我们革命与爱情的见证，所以我并没有想过要把这本书送给斯维洛夫。然而斯维洛夫开口问我要了，他说他唯一想要的报答就是这本《唐诗三百首》。在当时的情况下，我的确是无法拒绝他的。我后来对你说此书不慎落入湖中，我承认是对你有所隐瞒，我把这样重要的革命见证送给了一个对革命持有反感的人，纵然有万千的理由，对你，终是无言面对。

然而我并不曾想到你和斯维洛夫会结下这样的仇恨，以至于在你们之间我只可能选择一方，我也不曾想到在我去为斯维洛夫做证之前，你先我而去和他见了面。你对我隐瞒了这个情况，你本来可以告诉我，然后由我们一起向组织汇报，而不是你单独行动，因为这很可能对组织造成这样的错觉，好像我不但对党对人民，对你也已经离心离德。

诚然，他手持此书向你转达对我的关切，他拜托你永远忠诚于我，永远爱我，他的所作所为是可笑的、多余的、迂腐的、不健康的、病态的。但是，难道凭此，你就可以得出我的双重罪名吗？没有一条理由让我去里通外国，在对待斯维洛夫的问题上，我始终认为是认识问题，为此，我愿意接受对我的任何严厉惩罚。我爱祖国，爱党，爱我的儿子小罗中，爱我们这个在西湖边的温馨的小家，无论是我的出身，我以往受的文化熏陶还是后来的革命教育，都没有一丝的理由要让我成为一个你信中所谴责的如此低极趣味的、生活作风如此糜烂的人。请原谅我在此用了激烈的词语，你对我的指责使我目瞪口呆——我从来没有想到过你会这样看我，我现在才明白你当初为什么一再阻碍我与斯维洛夫的来往。在这个问题上，我认为你心理是有些阴暗的，你对我忠诚的怀疑，是没有一丝道理的。

我怎么可能是一个叛国者呢？我怎么可能是一个流氓呢？我宁愿相信那是你在强烈刺激下的一时的神志恍惚，如果那样，我依然是有罪的，因为造成这一可怕局面的正是我。

请代我亲亲我的中儿，这几天我开始

天天梦到他。

你的哲修


最后一封信回到了那个冷静的地下工作者罗哲修的基本气质上，接近了我对他的以往的想象——


曹琴同志：

请允许我以同志的称呼给你写这封信。

昨天下午，审查组的结论和你的离婚报告同时到我手里。经过整整一个晚上的思考，我在离婚报告上签了字。虽然我永远也不会认同你对我的指责，但是我认同

三潭印月

湛淨空潭印
澈輪分明三
塔是三身禪
宗漫許添公
案萬劫優曇
現聖因

了你的一条理由——出于对孩子未来成长的负责，我同意你的选择。

在审查组的结论上我拒绝签字，我认为他们对我忠诚的否定，是对出生入死为革命奉献一切的同志的不负责任。我拒绝签字的另一个理由是我不能接受流氓罪的指认，这是天底下最荒唐可笑的罪名。如果我连这样的罪名都要先接受下来再说，那么我还有何颜面对我的血脉，我的儿子？

所以，我不能接受你最后的劝告，我知道只要认罪，我就能少受惩罚，早日恢复自由，但我不能这样做。我对你唯一的希望，是希望罗中长大之后，让他知道他的父亲是有人格的，诚实而健康的，他是爱儿子的，爱家庭的。

　　罗哲修　一九五二年暮春

## 十七　悲哀的人又喝醉了

　　坦率地说，我对罗哲修一直没有一个特别清晰的认识，他更像是电视剧里那些影子一样的地下工作者，这些信件多少给了我谜团的一个线头，沿着线头走，我发现了一个立体的罗哲修。夜里我给罗宁打电话，手机里传出的声音闹哄哄的一团，罗宁大声喊着：王老师我在

"金海岸"夜总会伴舞，要不你过来，演出完了一起吃夜宵去。我"噢"了一声，现在我知道罗宁是怎么生活的了。

约好了再联系，凌晨一点多钟，罗宁着急忙慌给我打电话来了：我在医院，老爸又倒下了，这会儿正在挂水。求你过来一趟，我一个人对付不了他。

我打的赶到医院。罗宁在门口等我，一边抱拳作揖一边告诉我病情，原来这次罗中是喝狠了，在皇饭儿又吐又叫，几近虚脱，老板也急了，拿出他的手机随便按了一个号码，还算运气好，打到了罗宁那里。罗宁把他老爸架到医院，这会儿正躺着打点滴呢。

急诊室里也是乱糟糟的，周围到处都是输

液的病人，日光灯非常明亮，把那些不幸的人间故事聚集起来，镀上了一层异样的闪光。观察室里我看到罗中躺着的那张床，他头朝内，没有穿袜子，露出一双光脚。

我探过头去看看罗中，本想给他一点安慰，没想到他突然睁开眼睛，凶狠地说：你来干什么！

我吓了一跳，连忙说：我来看你，你病了。

我病不病和你有什么关系……

我无话可说，我们又回到了初次见面时的状态。罗宁连忙挡住他父亲的视线，向我建议出去呼吸一下新鲜空气。我们在医院大楼外的小花园里逛着，罗宁说：王老师，不好意思，把你扯得太深了。

从形象上看，罗宁比罗中更像他爷爷，黑暗中他的样子老了，点上一根烟，他说：我有时候恨我自己出生在这样的家庭，都什么年代了，我们家还活在七十多年前。凭什么这一切都要我承担？我奶奶要我看了信后自己对爷爷做出正确判断，可我根本无所谓。不过话说回来王老师，我还是看不懂爷爷的信，你说他为什么非要为那个斯维洛夫做证呢？

　　他吭吭地咳嗽着，一点红星在我们之间闪烁，黑暗中我恍惚起来——火星点亮了那遥远的二十世纪五十年代初的夜晚，西湖断桥旁一对夫妻沉默地散步，丈夫怀里抱着一岁的孩子，年轻女人穿着列宁装，袅娜的身影摆动着翻过断桥，突然回过身来抱过孩子，冷冷地说：你

菩萨蛮·三潭印月

〔明〕陈霆

采菱歌断遥天晚，碧湖无浪
蘋风软。一月漾三轮，秋光
被水分。

胜游超秉烛，画舸潭心宿。
月恰近双舣，梦魂中夜寒。

后悔了吧？丈夫淡然一笑，说：罗哲修的字典里没有后悔二字。那女人突然就提高声音：我知道你就是后悔了，你后悔那天晚上离开穗庐茶舍，你后悔带着我就这么走了！我知道你是一个什么样的人！

丈夫显然不悦了，回答说：真是文不对题。你不想让我去为斯维洛夫做证你就直说，找什么无中生有的理由！那年轻的女人开始发作：我早就看他不正常，早就看你们不正常，别当我不知道你们那点牛黄狗宝，罗哲修我告诉你你是昏了头了，你要还想着为他做什么证你就准备和他同死落棺材吧。罗哲修你为什么不说话，你看着我的眼睛……

她一个转身站住，盯着她的丈夫，孩子吓

得扁起嘴要哭。罗哲修要抱过孩子，被她又猛一折腰避开。她噔噔噔地往前走，罗哲修站定了，说：大使馆已经通报我们，只要证实斯维洛夫确实为革命做过贡献，他们会同意我们让他离开中国。年轻的妻子站住了，背对着他鼻孔里哼了一声，冷笑着回应：我是让你回答这个吗？我是让你回答这个吗？你心里那点肮脏的东西瞒得了别人瞒得了我吗？罗哲修的脸就白了，咬紧牙齿，面颊鼓了起来，轻声地说：既然我在你心目中是这样一个人，你为什么还——下作胚！那后面三个字是年轻妻子抢骂的，话音未落丈夫脸上已经挨了一个响亮的耳光。西湖边散步的游人们好奇地站住了，看着这对吵架的小夫妻。罗哲修此时可以说是目瞪口呆，孩子哇哇地哭了起来，他茫然地看着西湖，围观围劝的人越来越多，罗哲修转过身来，大步流星地走了……

是的，罗宁的问话突如其来，但我不得不承认他切中要害。罗哲修之所以要为斯维洛夫做证，除了许多光明正大的理由之外，或许还有一条是属于私人的吧，他是想用这个行动来给自己做证，他是想告诉世人尤其是他妻子，他是一个革命者，不是伪君子，用不着此地无银三百两。他差一点儿成功了，如果不是斯维洛夫出国后与杨彼得继续保持通信关系，没有人会再抓住穗庐茶舍不放。然而杨彼得已经无法离开斯维洛夫了，他不断地写信，哭哭啼啼，死去活来，哀求斯维洛夫接他出国，而东窗事发之后，他又顺着他人的思路乱咬一气，终于把曹琴子虚乌有的妒意提升为指证，并把前程似锦、过于自信的罗哲修送进了大牢。

我们重新回到病床前时，我看到罗中已经坐起来了，手捂着脸，口齿不清地说：送我回家。我吃惊地看看罗中，现在是凌晨三点半，难道他还没有从混乱中苏醒？他抬起头来看着我，目光平静，好像刚才对我发脾气的那个人与他无关。他无比诚恳地对我说：到我家去，我有重要的东西给你看。

## 十八　湖畔的父子诀别

　　罗中一家早就从西湖边搬走了，现在的家
父子俩各占一间卧房，还有一间小书房，一对
小沙发，一张电脑桌，一排书架。罗宁要把罗
中扶到卧室，罗中却执意让我们把他扶进书房，
他不停地说：王老师你坐，你坐，罗宁你给王
老师冲茶。

他口齿还有点不清，但神志是肯定清晰了，可是罗宁刚出书房门，罗中就一个箭步关上了门，然后啪地关上大灯，房间里只剩下一盏台灯，我下意识地冲口而出：你要干什么？

就见罗中诡秘地朝我点点头，打开书架下面的柜子，从里面拿出一个大盒子，又从大盒子里拿出一个小盒子，又从小盒子里拿出一个更小的盒子，从这个更小的盒子里拿出了一枚象牙印章，长方的普通的样子，他把它凑到我的鼻尖，轻轻地耳语：看到了吧……

我屏住了呼吸，摇摇头。他明白了，拿过来一张白纸，从电脑桌上移过来一盒印泥，将印章蘸着印泥，仔细地慢慢地操作着。在这期间，我已经预感到我将与什么相逢，我随手找过来一本书垫在白纸下面，果然，印章仔细地盖了下去，移开，罗哲修出现在我们的面前——不过他是以印章的方式出现在我们面前的，印文阳文，篆体，落花时节又逢君——又逢君……

罗宁端着茶进来，一眼就看到那张有着印文的纸，他拿起来端详片刻，就说：又逢君，爷爷的别号？见我和他父亲都严肃地不吭声，他立刻就噤声，神情就真的严峻起来了。

直到这时，罗中似乎才觉得自己得到了认可，他的秘密从此有人承担，他长舒一口气，跌躺到了我对面的藤椅上，整个身体都隐在了台灯光之外。

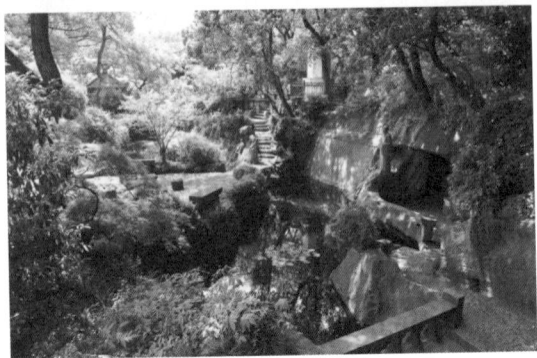

西泠印社门口及内景

在这个世界上，还没有一个人知道我后来是见过我父亲的，时间是一九六一年夏天的一个周末，我父亲死前一天。那年我十三岁。

那天中午我刚从少年宫水闸回来。这是一个极其光荣的岗位，全市那么多少先队员中，没有几个能够有管理水闸的殊荣。虽然我的父母早已离婚，但在旁人的眼光中，我还是一个牢改犯的儿子。这或许是和我母亲不再结婚有关系的。我能够得到这样的信任，在"可教育好子女"中，应当属于凤毛麟角的了。

从小，父亲给我留下的主要印象就是耻辱，说实话我宁愿他是反革命，也不愿意他是臭流氓。我因此加倍地在学校里表现，在各种场合上给自己的表现加分。所有的努力只有一个目的，摆脱我这血脉里的耻辱和诅咒。

我没有想到，就在北山街家门口，西湖边那株大柳树下，就是王老师当年你离开我家时站过的位置，我见到了他。

那天中午我是满载而归，老师奖给了我一个烤红薯，一九六一年，三年困难时期的最后一年，一个烤红薯就是一枚金光灿灿的大奖章，我小心翼翼地捧在手里，一小口一小口品尝着。少年宫离北山街路口不远，一直走到家门口，我那个烤红薯还剩一大半。

也就在这时候，我感觉到一个人在注视我，抬头一看，是一个脸胖胖的中年男人。这个男人穿一套蓝色的旧衣服，个子不高，我第一个感觉就是这个人在发光。他的额头、面颊、下巴放着淡黄的光芒，我后来才知道，饥饿会使人浮肿，浮肿会使人皮肤发光。然而即便如此，他依然还是有着与众不同的容颜，他整个面部最让人难忘的部分，就是他的眼睛。他的那双眼睛非常深情，即使是在这样一个混浊的时代，依然清晰坚定，他的目光甚至使他依靠在大柳树下的虚弱神情就像是装出来一样。

他朝我招手，看得出来，他抬不起手

来了，他有气无力地叫着我：小朋友，小朋友，过来好吗？

我就走了过去，那几年在我家门口的西湖边上，经常有衣衫褴褛之人路过，曾经有人就倒毙在西湖边，我对那些人非常同情，对这个人也不例外。

可是这个人与众不同，当我走到他身边时，他的目光温柔起来，甚至因为温柔，他的目光黯淡了起来。他说：你是不是叫曹中？

我说是啊，你怎么知道？

他不说话，就上上下下地打量我，看着我，很慢，他突然问：你饿吗？

我摇摇头。他继续缓缓地喘着气，

说：如果你饿，你可以想象清河坊的皇饭儿，大米饭盛得尖尖的，像宝塔糖……

他这一段话是断断续续喘着气说出来的，看上去他快饿死了……不知道出于什么样的暗示和冲动，我突然把剩的一大块红薯给了他。他显然是有些吃惊，我看得出来，他犹豫了一下，还是接了过去，立刻就开始慢慢咬起红薯，看样子他连咀嚼的力气都没有了，几口以后他才抬起头来，他的脸更加放光，他说：你一定要去皇饭儿的……

我摇摇头，说：你慢慢吃，别噎着了……

他的眼睛就亮了，上面就像是蒙了一

层水。他的另一只手就从口袋里掏出了一样东西，说：给你，做个纪念。

他停住了，我们三人不约而同地低下头，看着台灯光下面的小小闲章。

我糊里糊涂地就接过了这个礼物，按理我是不会这样做的，我母亲对我管教一直非常严厉，但那天潜在的血缘战胜了一切。

我不认识印章上的字，他就示意我弯下身来，他指着那三个字，一字一字地教我念：又——逢——君——，我就跟着他念：——又——逢——君——

我们俩的脸挨得很近，我能够感觉到他脸上的热气烘到我脸上，他在我耳边轻声地耳语：知道我是谁吗？

　　我直起腰来，把印章放进了口袋，我看着他摇头，我不知道他是谁。

　　他对我说：我是你爸爸。

　　我一下子就弹跳了起来，退出好大一截，然后就像掉进了冰窖，一股恐怖的寒气又冰又麻，唰地从我尾骨之处升到了后脑勺，然后轰地又冲到前额，我的眼前一片黑暗，好一会儿才恢复正常。此时那个人的脸好像被放到哈哈镜里去了，一会儿压扁一会儿拉长，一会儿扭成麻花一会儿弯成几段。等我恢复神志时，我第一句话便丧失了理智，我做了一件丧心病狂的事情。

罗中用了"丧心病狂"这个词，然后顿住了，他没有看我，却盯着他的儿子。罗宁犹豫了一下，站了起来，嘴唇发抖，他的声音突然嘶哑了，说：我有点困了，我先去睡了，王老师你们接着聊……

他站起来开门，罗中喊住了他，说：你坐下。罗宁犹豫地站着，看着我，坐下又突然站起，给他父亲续了一道水，罗中端起茶杯，喝了一口，继续说：当我知道这个人就是我父亲，第一个动作，就是抢过他手里的烤红薯，我咬牙切齿地骂道：滚！饿死你这个臭流氓！然后我就几步跑回了宿舍大院。

说到这里，他又开始端起茶杯喝茶，可是手哆嗦得厉害，嘴对来对去的怎么也对不到杯口，好不容易对上了，牙齿嗑着杯边，发出"嗬嗬嗬嗬"的细微颤抖的声音，茶水就洒了一纸，就见那"又逢君"的印文被茶水洇湿了，印文就模糊了，像是浸泡在迟到的泪水中了。

罗中松开茶杯，坐在椅子上，突然开始一下一下地击打自己的胸口，打得又凶又狠，嘴里呜呜地号叫着，我想起不久前他因为肋骨折断住院之事，不知如何是好，罗宁把一个小药瓶伸到罗中眼前，正是罗中平时带在身边的放白酒的小瓶，罗中接过猛地就是一大口……

水漫在桌上，我们俩手忙脚乱地张罗，擦

桌子，重新续水、拿毛巾擦脸，终于安静下来了，罗中捏着药酒瓶子，像抓着了救命稻草，他的叙述就像小舟撞击着巨大的破裂的冰块……

　　我刚回到家中，我母亲就严厉地问我有没有见到过一个中年男人，我惊慌失措地回答说没有，这大概是我一生中严格意义上的第一次撒谎。我母亲告诫我，如果碰到这样一个男人和我打招呼，千万不要理睬。第三天晚上我家来了几个警察，拿着这个男人的头像照，我这才知道，男人昨天已经死在西湖里了，尸体浮起在三潭印月一带，他杭州的所有亲戚都和他断绝了关系，谁也不知道他是自杀还是失足。我母亲听后说，罗哲修前天上午是来过我家，但她连门也没让他进。她本来也想让他吃顿饭再走，但他提出还想和儿子见一面，这让她感到事情的严重，所以给了他几块钱就义正词严地把他赶走了。

来人中有我父亲监狱的领导，他们和我母亲的谈话，我在旁边也全都听到了。他们说我父亲已经正式出狱了，算是刑满释放吧，主要还是他的认罪态度不好，否则他早就出狱了。可是没想到他前天晚上又赶回了监狱，说他实在是没有地方去，要求重新入狱。你知道这是绝对不可能的，监狱又不是旅馆，又不是饭店，你想回来就回来。尽管如此，监狱领导说他们还是发扬人道主义精神，留人在监狱又住了一晚上，还留他吃了两顿饭，一顿晚饭，一顿早饭。监狱领导之所以强调这一点，是要说明他不是因为病饿失足掉进西湖的。那监狱领导说到这里，我母亲更加义正词严地补充了一句：那么说他是自绝于人民自绝于党，是带着花岗岩脑袋见上帝去了！

我对这句话的印象如此深刻，是因为"带着花岗岩脑袋见上帝去"这句"文革"流行用语，就是从这时候开始首次听到的。

我母亲断然拒绝，同时也代我断然拒

绝了见我父亲遗体一面的建议，警察们一走，我母亲就严厉地与我约法三章，有许多许多的不许都是与彻底忘却我的父亲有关的，其中包括了从此家中不许喝茶，也不许提"茶"字。

那天晚上我平生第一次失眠。我不能告诉我母亲我见过那个人，恐惧完全压倒了一切，他送我的印章还在我口袋里，以至于我满脑子想的都是如何把这枚印章处理掉。最后我决定把它扔到西湖里了事。半夜里我悄悄地来到湖边，前天他依靠过的大柳树下。一弯残月的弱光铺在断桥，从那天晚上以后，断桥在我眼里就永远是凄凉的了……就在我准备松手的一刹那，

[宋]叶肖岩　西湖十景图册　三潭印月

我看到黑黢黢的湖面上，远远的三潭印月的那个方向，有一个人从水面上升起来了，他半浮半沉，由远而近，无声无息地漂移到了我面前，湿淋淋的衣服贴着半个身体，月光照耀在他的脸上，他的眼睛是两小汪月潭，我甚至看不到他的瞳仁，只看到微弱的月光的弥漫。他指着印章上的印文，神秘地点点头，轻轻地教我：——又——逢——君——

他说一个字，一道月光就从他嘴里流出来，他的样子令人不寒而栗，同时又有一种奇异的温暖，我哭了，不知道是恐惧还是后悔，我从另一个口袋里掏出了那半个红薯，他不接，似喜似悲地看着我，和我那天看到的费尽气力的微笑一样，他欲言又止，然后，他就慢慢、慢慢地，目不转睛地看着我，缓缓地远去，沉到湖里去了。

## 十九　重访耶稣堂弄的意外收获

　　耶稣堂弄的司徒雷登故居修复了几年，近日终于正式对外免费开放。那地方离杨彼得栖身的大杂院不远，我决定独自重访。事实上还有一些最后的细节有待考证，比如曹琴最后究竟为什么回到起点。但我并不真正指望在这里还能够找到有关穗庐茶舍的什么蛛丝马迹，就让那些细节作为历史的余数存疑吧。

耶稣堂弄已经和我当初的印象完全不同了，杭百大厦和银泰大厦耸立在巷口，我找不到当年杨彼得住的大杂院。

司徒雷登故居是杭州目前最古老的传教士住宅，门前的大树据说还是他父亲亲手所栽。这两层楼的楼房修整一新后，来参观的人倒也不少。我穿过门廊进入故居，宽敞的厅堂，暗红色的地板，一楼左手边第一间起居室，墙上灰色壁炉上方挂着大幅油画。壁炉上还摆放着一个银质烛台和一盏古朴的座钟。壁炉两侧靠墙摆放着几组红褐色的真皮沙发。尚未燃尽的蜡烛头、嘀嗒嘀嗒的钟摆声，让人能依稀想象到幼年司徒雷登在此玩耍的场景。

杨彼得来过这里吗？斯维洛夫来过这里吗？甚至，罗哲修来过这里吗？蝴蝶轻轻翕动翅膀，整个世界都在昏眩……世上一切息息相关，无巧不成书无非是对事件必然规律的一种传奇式阐述。从进入司徒雷登故居，我就隐隐地觉得有人在注视我，等我走出故居时，那人终于在背后喊了我一声：小姐妹……

　　那矮矮的杨姓的老妇人，我真是一眼就认出来了，虽然她完全老了，口气温和慈祥，全然没有了当初那种刀子嘴的凌厉。她有些犹疑地看着我说：小姐妹，你是不是在茶博馆工作的那一位？

　　我点点头，说：有十来年没再见吧。

　　她一把拉住我的手，突然激动起来，说：

耶稣堂弄　吴国方　摄于 2006 年

小姐妹我一直就在找你们啊，你们再不来这桩事情就不好办了。

杨彼得的房子是原拆原建的，就在银泰大厦后面。看得出来杨姓妇女对她目前的生活很满意，一边给我泡茶一边说：不瞒你说，我之后一直等着你来找我呢，你也不来，后来只好我找上门去了，你还不要说，真让我找到一个。女的，姓曹。

我吃惊得眼睛都竖了起来，脱口说：你等等你等等，你说你找到一个姓曹的女人，什么时候的事情？有没有搞错？

那妇人看我激动，情绪也被渲染起来，说：不要急不要急，听我慢慢跟你说。

杨彼得这个人啊，心地是不坏的，就是坐牢坐坏了，再加上一个人生成这样，做人一定是要藏的。七藏八藏，要紧要慢的东西就藏得寻不到了。小姐妹，我不是懊恼他房契不给我，我是懊恼他随便哪个人都不相信，全世界他就相信一个人，就是他那个外国佬儿。他这辈子还就是吃对一个外国佬儿，享福也是他手里，坐牢也是他手里。

　　杨彼得享福我是没有看到过，他坐牢我是晓得的。说来说去也是不要好，三天两头给外国佬儿写信，要他把他接出去，你说这个人脑子是不是搭牢了。他几封信一通，里通外国一个罪名下来，杨彼得就进了班房。那么现在我要说一句，杨彼得这桩事情做得是伤天害理，他千不该万不该咬出那个当初救了他们一把的朋友，不是那人做证，外国佬儿也出不去的。你不感谢人家不说，你还反咬一口，说人家也跟他一样和外国佬儿有一腿。这么好了，人家也跟他一样进了班房，老婆离婚，伢儿不认，六一年牢里放出，没人认领，一条命就死在西湖里。你说这个杨彼得要不要死。

　　小姐妹你那次来找我们，我还记得煞清爽，报纸上登的照片就是那个男的，我只晓得他姓的是罗，你看看小伙子多少精神，相貌跟电影明星一样。杨彼得自己半男不女，以为天底下人都跟他一样，话说回来杨彼得当时也是没有办法，他这么一个风吹跌倒闻屁头晕的人，哪里禁得起吓，三吓两吓的就乱咬了。

你不要说蝼蚁也是条命，杨彼得这样的人命贱寿不贱，他比那个姓罗的迟一年放出来，姓罗的西湖里死路一条，姓杨的回到我们耶稣堂弄来熬到改革开放，那个外国佬儿又给他写信，还说要来看他，寄钞票，有一次还寄来一个包裹儿，我去领的，蛮重一个包裹儿呢。

这个杨彼得啊，老毛病又犯了，样样色色藏起来，样样色色藏起来，到咽气的时候想要交代给我们，已经说不出话来了。我们只好拼命问他，东西在不在房子里？他就点头，点了几下，就去了。他火葬的钱都是我们出的，我们真是当亲娘舅来供的啊。

说实话我们搬进来时也上上下下找过，就是找不到。一直到前两年原拆原建，从天花板上面寻出一包东西，里面有他的房契，有美元，不多，还有一个大信封，上面写着一个地址，收信人姓曹。

我呢也是多长了一个心眼，没有先把东西送去，我寻到那个姓曹的，是个女人，住在西湖边，坐在轮椅里正指挥搬家。她说搬家太乱了，她先到我这里来看，我就让她来了。

喏，她就坐在你现在坐的位置上，当着我的面，就把那只包拆开了。里面是一封信，一本书。她看后打了很长时间的呆鼓儿，说谢谢我，东西先放到我这里，新家安置好了以后再来拿。

这一句话又好几年过去了，前一向我到北山街去了一趟，早就拆迁了，人也不晓得哪里去了。你说这东西我怎么处理呢？我这幢房子也要卖掉了，这些破里索罗的东西都要甩掉了——

——你不会扔掉的，我终于忍不住打断她的话。她得意地拿脚踢踢床下：都在这里呢。这些天我就在想，什么时候碰着一个你这样的有心人，我这些东西都一股脑儿归你算了，说不定你还有什么用场。真是心想事成，眼看着我自己也要搬家，没想到就碰到你了。

她那么一边感叹着，一边把床底下的一只布袋拎出来，说：就在里面，你拿去吧，我估计那姓曹的人也不会来拿了，她要这本书干什么。

她站起来了，一副送客的架势，说：我也想过，这种事情，忘掉都巴不得呢，谁还想着去纪念啊。小姐妹你是搞研究的，你跟我们不一样，你替我们记记牢，我们就好心安理得地忘掉了。

她开了门，就等着我拎着那旧布袋子走出去了。

## 二十　倾诉总是迟到一步

包裹里封着的，果然是那本品相纯正的《唐诗三百首》，嘉业堂的刻印本，纸张是已经完全发黄了。扉页有西泠印社的印章，下面则是那款我亲眼见过的罗哲修的私人闲章——"又逢君"，紧挨其旁的是另一枚重要的历史印记——"穗庐茶主"，这也正是我在那张照片反面看到过的那一枚闲章。

两封信夹在书中，都有信封，一封有着巴西利亚的景观图案，一看就来自巴西。另一封用的是当时普通的牛皮纸信封，字是用天蓝色的淡圆珠笔写成的，字迹有时徐缓有时急促，但看得出来，书写者也是有书写功力的。我先开启了这封，一边想，除了杨彼得，还能有谁的笔迹呢？

曹琴女士：

您好。斯维洛夫先生的这封信和这本书，几年前就到我手里了，可是我不知道如何把它们转交给您。

斯维洛夫先生是在一九八九年冬天去

# 三潭印月的"月"从何而来?

从前，中秋夜晚，人们会划上小船荡到三潭印月的三塔旁，在塔中点燃蜡烛，再用桃花纸封住塔身的五个圆洞，烛光从圆洞里透出，远看着就像月亮一样。如此一来，皓月当空之时，水波荡漾，空中月、水中月、塔中月以及赏月人的心中月便交相辉映，共同构成"天上月一轮，湖中影成三"的画面。

世的，如果他能够再熬上一段时间，就有可能回到他的祖国了。现在他葬在巴西首都巴西利亚，他的房东把他的消息告诉了我。斯维洛夫家族完全破产了，他和我一样，一个人活在世界上。临死前一年，他寄回了当年罗哲修先生赠送给他的《唐诗三百首》，托我交还给他。斯维洛夫先生始终不知道罗先生已经过世的消息。

我经历过严峻的冲突、残酷的暴行……我罪人的烙印分外清晰，我的灵魂里有着撒旦的影子，同时，我又是那样的恐惧于惩罚，因此，虽然现在我也快离开人世，很想把斯维洛夫托我做的事情完成，但依然迟迟下不了决心。

一九四八年秋天罗先生的被捕虽然不是我告的密，但当局的确找过我，我没有为他掩饰，这是我在人间的罪孽的开始。一九五二年斯维洛夫先生到杭州本是来找罗先生寻求印证的，但我的纠缠使斯维洛夫先生陷入名誉扫地的境地，并且殃及了罗先生。在审查罗先生案子的起初我无法抵制那非人的折磨，人们需要谎言我便给了他们，一切堕落得如此飞速，超过了我年复一年夜以继日的忏悔。

有很长一段时间我和罗先生一起服刑，我曾经问过他为什么要为斯维洛夫做证，他说这个问题不应该成立——因为这是一个常识。在这个世界上，罗先生是除了斯维洛夫先生之外对我最公正的人，我唯一能够赎罪的就是帮助他申诉并为他做证了。

他在狱中最艰苦的劳改中依旧不忘记西湖，他在肥皂上、萝卜上都刻过关于西湖的印章，可惜都没能够保存下来。

我应该把这一切告诉您，但斯维洛夫先生曾经对我说，人们之所以隐瞒真相，往往只是因为真相让人承受不了，所以隐瞒也可以是一种爱。毕竟，在我这卑微的心里，小小的密室一角还留存着爱。我不知道这些信物最终会不会到您手里。最后我只好决定，将我们这些微小如尘埃一样的罪人的命运，交由上帝来安排吧。

阿门。

杨彼得

一九九〇年夏

于杭州耶稣堂弄

我打开了来自巴西首都巴西利亚的那一封信，黑墨水的字迹非常工整，这是非常熟悉的楷体汉字，我终于和穗庐茶主两两相对了。

亲爱的罗，我最亲密最遥远的东方之梦：

我从来不曾怀疑您会忘却我，我遥远的来自大洋彼岸的字迹会使您感到陌生。因为我是用着您的母语向您做最后的倾心交谈，而您的母语也是我的——您一直知道我有两个母亲——严厉的生母俄罗斯，温柔的继母中国。而我现在寄居的巴西，虽然在此居住的时间已经超过了我在俄罗斯与中国加起来的岁月，但它于我，依然只是一个逆旅（逆旅这个中国式的概念也是您告诉我的——天才诗人李白的名句——夫天地者，万物之逆旅也；光阴者，百代之过客也），亲爱的罗，至少我还可以骄傲地告诉您，虽然我与中国已经睽违三十多年了，但我依然是一个持之以恒的汉学研究者，一个五千年文明古国的继子。

我一直都想给您写信联系，但深知这

是不可能的。一开始我还能够从彼得那里知道一些您的消息，在彼得的最后一封信里我知道您已经受到我的牵连，如果我能预料到您会为我付出这样的代价，我还会要求您为我的清白做证吗？在审讯室里和您见面时，我几乎已经认不出您来了。您比从前更英俊，但也土气多了，黄军装让您不再斯文，您的神情桀骜淡漠，讲话声调心不在焉，近乎自言自语，好像有另外一个人钻进了您的心，在替您说话。告别时您甚至没有握手的意思，要知道我本是为这一握而来。但我深知这和残酷无关。因为就精神而言，残酷意味着严格、专注以及铁面无情的决心，绝对的不可更改的意志，这正是我们的青春岁月。然而在您身上，我从来没有发现这种我一生都在躲避的特征。我看到太多的色彩，包括那些鲜血流淌的颜色以及听天由命、仓皇失措的感情，但您是独一无二的，您诚实地坚持为我做了证。当时我并不明白您将付出什么样的代价——曹女士曾经警告过我，她先于您来提问了我，并要求我放弃请您为我做证的要求。她说我的要求将毁了您的一生。由于曹女士在我印象中一贯夸张的姿态，我并不真正相信她的话，还因为当时您若不为我做证，我将禁锢在中国，我会死的。

我相信您明白这一点。然而，我的自

三潭柔阳　吴国方　摄于2015年

由却真的将由您的禁锢所换，这是多么可怕的始料未及的结局。

我没有想到的是，八十年代初，我竟然收到了彼得发自中国的信，知道他还活着，这是多么令人欣喜的消息，我立刻回信要求他帮助我寻找您的下落，等待使我的风烛残年有了活下去的理由。

是的，直到今天，我依然没能够得到您的消息，虽然生死不明，但我宁愿相信您还活在人间。而我已接近幽冥，死神已徘徊在我的床前。一年多来，我已经做好了一切准备，我送走了一切可以送走的东西，我一点也不惧怕，甚至带着某种欣喜，终于就要迎来解脱的那一天了。

如今，枕边唯一陪伴着我的便是当年您送给我的《唐诗三百首》，我已经把这三百多首唐诗全部翻译成了俄文，并且能够将它们用汉语和俄语全部背诵下来。其中我最爱的那一首，依然也是您最爱的，我现在就把它再一次背诵下来，就好像您的面容出现在我眼前：

岐王宅里寻常见，崔九堂前几度闻。
正是江南好风景，落花时节又逢君。

在热烈的巴西利亚，没有江南的意韵，更没有落花时节，这是一个鲜花怒放四季常青的地方，因此我也更加怀念我们的穗庐茶舍，我们短暂而又浪漫的茶事生涯。

龙井茶依然芳香如故吗？穗庐依旧静如处子吗？三潭印月的中秋之月，依旧那么幻相重印吗？

我依然记得那一年您奔赴您的信仰之前我与您在湖上的告别。

白天的三潭印月没有月亮，我们的告别似乎并没有什么特别的动人之处，它甚至显得有些拘谨和客套，只是在拍那张告别相片时，因为怕我失足掉入水中，您抱着石塔的那只手在后面拉住了我……

照片是在上海洗的，我请杨彼得给您送来，您一定早就看到了吧？反面是我的题词：

永别了，一去不复返的幸福，但我沉静平和，因为我知道，在我死去的那天，我一定会回到中国西湖。

我的落款是那枚您为我刻制的"穗庐茶主"，现在我就把它藏在我的胸前。

您当年送我的《唐诗三百首》，我现在要给您寄回来了，我托杨彼得重新送还给您。它是我的灵魂，它将代替我，在我死去的那一天，回到中国西湖。

亲爱的罗，无论您在人间西湖，还是在天国伊甸园，唯有您能够陪伴我安息我的灵魂——我要重新向您倾诉——

唯有这由无声的云彩和满月构成的世

界，能够让我感觉到我回到了一个几乎是家乡的地方。

　　永远爱您的斯维洛夫——穗庐茶主

　　　　于巴西　巴西利亚

　　　　一九八八年夏

## 尾声　无声的云彩和满月构成的世界

　　湖上泛舟者不少，月光下浮槎，像是在梦游。罗中在船头划桨，他到乡间休整了近一个月，看上去气色好多了。罗宁在船尾摇橹，我捧着《唐诗三百首》坐在舟中，那把提梁壶，放在船中小茶几上，我们是在穗庐看完罗宁新编的《提梁》之后，才一起到湖上去的。

《提梁》使我沉醉，一把壶，一只炉，一折扇，一团火，一管箫，一炷香，一柄剑，一卷书，一个人……水声，风声，松声，鼓声，击剑声，炉火沸汤声，树叶婆娑声，鸟鸣山更幽声，纸页翻书声，画轴卷藏声，山水欸乃声，晨光曦微声……有那么一刹那，我真的以为罗哲修复活了，以至于行舟良久，依然恍兮惚兮，不知今夕何夕。

四十分钟左右抵达三潭。石塔原本是北宋苏东坡浚湖时所做标记，以塔为界，石塔之内不准养菱，明代唯存三个塔基，后又重修。秋风雁来，草丰沙阔，雁群多在此聚集。人若荡舟夜坐，能常听雁声，而雁的影子，又乱了湖上烟云。秋声满耳，听之黯然，不觉一夜西风，山头之树因冷而红，湖岸的露也因寒而白了。

我们按照照片中的方位，很快就找到了当年罗哲修和斯维洛夫合影的石塔。它高约二米，塔身球形，四周挖有五个小圆孔，塔顶呈葫芦形，我们沿着这座石塔绕了一圈。罗中放下了船桨。我看到罗宁把提梁壶递给父亲，罗中握着壶把，提起壶，低下头来，小船缓缓地绕着石塔，我翻开手中旧书，那张照片夹在书中——铺开的像被风吹过的沙土般的泛旧的湖水；与湖水齐平的石塔底座；一绺发梢顽强袭入眉眼的别致的杭州青年；鼻梁上架一副圆式眼镜留一撮山羊胡子的斯维洛夫；永别了一去不复返的幸福……

湛净空潭印
满轮今明三
塔是三名禅
宗浅诤添公
案万倾宜爱
祝壑因
方题三潭印月
偶笔

[清]董邦达　三潭印月图轴

父子俩一起捧壶，罗中嘴唇在轻轻翕动，我想他是在与他的父亲说话……然后他手略一倾斜，壶中茶水，在月光下晶亮透明，缓缓地、无声地祭入了湖中。

这就是一壶真正的杭州西郊山中的龙井吧，这温文尔雅的赴汤蹈火、在所不惜的爱恨情仇——被盛在冰清玉洁的越瓷提梁壶中，于月光下倾泻而出，它长长的如碎玉般的水流优雅地倾身入湖——似雪似玉，类银类冰，若隐若现，如诉如泣。原来一壶茶是可以用这样的方式来投身一湖水的，就像一种真投入另一种真，一种善投入另一种善，一种美投入另一种美……

我闻到一片升腾而起的茶香，仿佛西湖水

被龙井茶浸泡透了……

　　我们把船划到了离塔最近的地方，罗中父子站了起来，沉思片刻，他们轻轻地静静地慢慢地合衣下水，浸入湖中。我打了一个寒战，把书交给了水中的他们，看着他们并排地各举一手，托着诗集游向石塔，把书放入了石塔的孔中。

　　他们看上去沉静平和，并不急着上船，又绕着石塔缓缓游了三圈。湖水呢喃，发着幽光，我抬头仰望，黑蓝色的冰空上，印着一滴巨大而饱满的金黄色的泪珠，它发出温馨暖和的光芒，照亮了这幽暗的巨大的黛色的湖面……

　　行前我曾担心，我们所要的东西虽然找到

了，但已经受到致命的损毁。但至少，在此刻，我有所欣慰：永恒的不会变形的美正在重生，我看到了无声的云彩和满月构成的世界……

2006年7月17日　于杭州忘忧茶庄初稿

2006年8月12日　于杭州忘忧茶庄定稿

2023年8月24日　于杭州忘忧茶庄三稿

饱满而金黄的天空之泪

——《三潭印月》的重生之美

《三潭印月》是十部小说里成稿最晚的一部，也是我个人最满意的一部，我尤其在乎小说结尾的那个章节：

父子俩一起捧壶，罗中嘴唇在轻轻翕动，我想他是在与他的父亲说话……然后他手略一倾斜，壶中茶水，在月光下晶亮透明，缓缓地、无声地祭入了湖中。

这就是一壶真正的杭州西郊山中的龙井吧，这温文尔雅的赴汤蹈火、在所不惜的爱恨情仇——被盛在冰清玉洁的越瓷提梁壶中，于月光下倾泻而出，它长长的如碎玉般的水流优雅地倾身入湖——似雪似玉，类银类冰，若隐若现，如诉如泣。原来一壶茶是可以用这样的方式来投身一湖水的，就像一种真投入另一种真，一种善投入另一种善，一种美投入另一种美……

我闻到一片升腾而起的茶香，仿佛西湖水被龙井茶浸泡透了……

我们把船划到了离塔最近的地方，罗中父子站了起来，沉思片刻，他们轻轻地静静地慢慢地合衣下水，浸入湖中。我打了一个寒战，把书交给了水中的他们，看着他们并排地各举一手，托着诗集游向石塔，把书放入了石塔的孔中。

他们看上去沉静平和，并不急着上船，又绕着石塔缓缓游了三圈。湖水呢喃，发着幽光，我抬头仰望，黑蓝色的冰空上，印着一滴巨大而饱满的金黄色的泪珠，它发出温馨暖和的光芒，照亮了这幽暗的巨大的黛色的湖面……

行前我曾担心，我们所要的东西虽然找到了，但已经受到致命的损毁。但至少，在此刻，我有所欣慰：永恒的不会变形的美正在重生，我看到了无声的云彩和满月构成的世界……

按我现在对文本语感的认识，这种叙述我本以为会矫情的，是不能控制而浅显的，是完全进入不了现代创作的文本坐标的，然而在这里，我不愿这样定论。我把它放在这里，是因为不想被任何技艺的框架束缚，人生总也会长歌当哭，我的心，挂着一滴巨大而饱满的金黄色的泪珠，我就是想让它落下来。

这部小说的景观主场在三潭印月，而文化事象则在杭州的茶文化，那么背后的哲理思考层面呢？

整部小说是一种倒叙，源起于对一桩"假丑恶"历史案件的重新审查。起初的目的，只是追求真相；然而在真相的揭示过程中，我们发现这不但是真的，而且越真而越善，越真越善而越美。真善美重叠在一起时的意境，真是八月十五时"三潭印月"的意境。

这有力地推翻了我少年阅读一部小说时的困惑，那部作品明确地告诉人们：有时，人离真越近，离善越远，离真越近，离美越远。我有很长时间被这一悖论牵着鼻子走，因为在生活中看到了太多的真善美各顾各自成体系。

这真是一个巨大的命题。首先我们要确立自己对真善美的定义，其次我们才可以在感受中判断真善美的存在与否。我们还要将这三者进行各种组合，以此印证论断的正确与否。举个最简单的例子：说真话是真善美吗？鲁迅先生讲了一个故事，一个说真话的人对一个抱着初生婴儿的大人说：这孩子将来是要死的。他说了真话，但在我读来，这预言实在是不善美的。

我们在现实生活中见过不少蛇蝎心肠的美人，她们真的能把男人搞得五迷三道，她们是不真不善的，也许她们也是不美的，但为什么还有那么多男人前仆后继地自寻死路呢？我想因为他们至少认为她们的美相是不可抗拒的吧。

越是这样，我越是渴望找到一种三者合一的至高情状，并且我找到了——"行前我曾担心，我们所要的东西虽然找到了，但已经受到致命的损毁。但至少，在此刻，我有所欣慰：永恒的不会变形的美正在重生，我看到了无声的云彩和满月构成的世界……"这种意识是在大自然中感悟到的，原来镜中的花是真花，水中的月是真月，镜花水月，就是真花真月。

　　这部小说的主要内容，取材于一件发生在二十世纪三十年代的真实事件。其中有些叙述，我直接采用了人物原型的原话，比如：您一直知道我有两个母亲——严厉的生母俄罗斯，温柔的继母中国……虽然我与中国已经睽违三十多年了，但我依然是一个五千年文明古国的继子。

　　这位文明古国的继子，对中国文化有一种深入骨髓的缱绻之情，由此带来的个人及他人的悲剧命运，是彻底的荒谬。而小说中的真正主人公，一个有着坚定信仰和几近完美的中国传统文化修养的人，则是我虚构的一位集真善美于一身的理想人物。他就如水中的满月一般真实，唯一不同的只是他高凌在天空时，又月印万川于水中。

　　我必须回溯一下我写这部作品的过程。很早之前，当完成了"西湖十景"系列中的六部小说后，我去北京参加了一个文艺培训。听课之余，我拿着整整一沓方格纸，给这部小说开头，结果用完了全部纸张，这个头依旧没有开出来。我明白我没法写这部小说了，于是搁下，开始写其余的几部，时间也从以前的一年一部拖延至每两年一部了。但即便在写另外几部作品时，我也总会想到这样一个心结：三潭印月的月，到底意味着什么？意象又是什么呢？不把这轮明月想明白，我一个字也写不出来。

这一搁就是六年。直到那年冬夜，我独自在我家附近的玉泉路散步。当我看到落尽树叶的树杈向天空伸出裸露的手掌，那手掌上面托着一枚寂静的圆月时，我突然站住，我顿悟了：那轮清月，不正是一滴金黄色的、饱满的天空的眼泪吗？

接下去小说便写得一马平川。有趣的是我还选择了一种新潮的写法，看不出来吧，这是一部网络小说，是我每天在博客上写一段而完成的。其实写作时的心态有点像在报刊上连载小说，你每天都得给情节留点悬念，以便阅读者产生期待，迎接第二天的阅读。探索一个事件的真相，是会让人产生好奇心的，这正是这部作品选择倒叙法的直接缘由。

小说中的文化跨度本来很大，但我无论如何也要将它们和杭州本地文化融合在一起。里面的那些市井人物描写，引来了不少老杭州和同代人的共鸣，这倒真是我意料之外的，而选择用第一人称来叙述故事，我也把一个有点像创作者本人、但实际上又不是真正创作者的"我"，作为了叙述主体。的确，"我"在这部小说中身份非常特殊，有许多环境、场景都是真实的。我甚至还让"我"参与了核心事件。小说中的"我"被人称作"王老师"，这个王老师也在博物馆工作，也对茶有着职业上的追求。

但是，作为作者的我，当然不是小说中的那个"我"，那只是一个文学形象罢了。

《三潭印月》作为最后一部完成稿，发在《江南》杂志，它是十部小说中最长的一部，也是信息量最为密集的一部，要是能够拍成电影，绝对是个好题材啊。

附录

# 鲁小妹智斗黑鱼精

西湖里有三座石塔，像三个宝葫芦一样，长在波光粼粼的水面上。每到中秋之夜，明月当空，人们喜欢在石塔的圆洞里点上灯烛，把洞口用薄纸糊上，水里就会映出好多小月亮，月照塔，塔映月，景色十分绮丽。那就是有名的"三潭印月"。

那么，这三座石塔是哪里来的呢？据说有一年，山东的能工巧匠鲁班带着他的小妹，到杭州来。他们在钱塘门边租了两间铺面，挂出"山东鲁氏，铁木石作"的招牌。招牌刚刚挂出，上门拜师的人就络绎不绝。鲁班挑挑拣拣，将一百八十个心灵手巧的年轻后生收下作为徒弟。

鲁班兄妹的手艺好极了，真是巧夺天工：凿成的石狗会看门，雕出的木猫会捕鼠。一百八十个徒弟经他们指点，个个都成了高手。一天，鲁班兄妹正在细心给徒弟们教手艺，忽然刮来一阵大风，天上顿时乌云翻滚，原来有一只黑鱼精到人间来作祟。黑鱼精一头钻进西湖中央，钻出一个三百六十丈的深潭。它在潭里吹吹气，杭州城里就满城的鱼腥臭；它在潭里喷喷水，北山南山就下暴雨。就在这一天，湖边的杨柳折断了，花朵凋谢了，大水不断往上涨。

鲁班兄妹带着一百八十个徒弟，一起爬上宝石山。他们朝山下望望，只见一片汪洋，全城的房屋都浸泡在臭水里，男女老少四散奔逃。湖中央，有一个好大好大的漩涡，漩涡当中翘起一只很阔很阔的鱼嘴巴，鱼嘴巴越翘越高，慢慢地露出整个鱼头，鱼头往上一挺，飞起一片乌云，乌云飘飘摇摇落到宝石山顶上，云头落下一个又黑又丑的后生。

黑后生转动着圆鼓鼓的斗鸡眼珠，朝鲁小妹瞟瞟："哈哈，漂亮的大姑娘，你做的啥行当？"鲁小妹说："姑娘我是能工巧匠。"黑后生把鲁小妹从头看到脚："对了，我看你亮亮的眼睛弯弯的眉，想必会绫罗绸缎巧裁剪。走，跟我去做新衣裳。"鲁小妹理也不理他。黑后生把鲁小妹从头看到脚："对了，我看你苗条身材纤巧的手，想必有描龙绣凤的好针线。走，跟我去绣棉被。"鲁小妹厌恶地转过头。

黑后生猜来猜去猜不着，心里想了想，眯起眼睛说："漂亮的大姑娘，不会裁剪不要紧，不会刺绣没关系，你嫁到我家去，山珍海味吃不完，乐得享清福。"说着，伸手拉鲁小妹。鲁班一榔头隔开他的手，喝道："滚开！"黑后生仍旧咧着大嘴，嬉皮笑脸："我的皮有三尺厚，不怕你的榔头！大姑娘嫁给了我，什么都好说，要是不嫁，再涨大水漫山冈。"

鲁小妹心里想，倘若再涨水，全城百姓的

性命都保不住。她眼珠儿一转，有办法了，对黑后生说："嫁给你不能急，让阿哥先给我办样嫁妆。"黑后生一听，开心了："好姑娘，我答应。你打算办什么嫁妆？""高高山上高高岩，我要阿哥把它凿成一只大香炉。"黑后生高兴地拍大腿："好好好，天上黑鱼王，下凡立庙堂。有个你陪嫁的石香炉，正好拿它来收供养。"

鲁小妹拉过阿哥商量了一阵。鲁班对黑后生说："东是水，西是水，怎么办？你先把水退下去。"黑后生张开阔嘴巴一吸，满城的水都倒灌进他的肚皮里去了。鲁班指着山上一片悬崖问后生："你看，把这半座山劈下来做石香炉怎么样？""好哩，好哩，大舅子，你快凿，凿得越大越风光。""香炉大，香炉高，重重的香炉你怎么搬呢?""嗒嗒嗒,只要我抬抬脚,身后就会刮黑风。小小的石香炉算什么,就是一座山我也吸得动。"

等到避在山上的人都回家去了,鲁班他们就爬上那倒挂的悬崖。鲁班抡起大榔头,在悬崖上砸一锤,他的一百八十个徒弟,跟着砸一百八十锤。"轰隆"一声,悬崖翻下来了——从此,西湖边的宝石山上就留下一面峭壁。

这片悬崖真大。这边望望白洋洋,那边望望洋洋白,怎么把它凿成滚圆滚圆的石香炉呢?鲁班朝湖心的深潭望望,估计好大小,就捏根长绳子,站在这片悬崖当中,叫妹妹拉紧绳子的另一头,"啪嗒啪嗒"跑两步。鲁小妹的脚印就在悬崖上画了一个圈。鲁班先凿了一个大样,一百八十个徒弟按照样子凿。凿了一天又一天，七七四十九天后，这片悬崖变成了一只很大很大的石香炉。圆鼓鼓的香炉底下，有三只倒竖葫芦形的尖脚，尖脚上，都有三面透光的圆洞。

石香炉凿成了，鲁班朝黑后生说："你看，我妹妹的嫁妆已经做好了，现在，就请你搬下湖。"黑后生急着要新娘子。鲁班说："别急！你先把嫁妆搬下去摆起来，再打发花轿来抬。"黑后生高兴死了，一个转身就往山下跑，他卷起旋风，竟然把那么大的石香炉骨碌碌吸得向后滚。黑后生跑呀跑呀，跑到湖中央，就变成黑鱼，钻进深潭，石香炉滚呀滚呀，滚到湖中央，在深潭边的斜面一滑，"啪"一声倒覆过来，把深潭罩得严严实实，不留一丝缝隙。

黑鱼精被罩在石香炉下，闷得透不过气来，往上顶顶，石香炉动也不动，想刮阵风，又转不开身子，没办法，只好死命往下钻，它越往下，石香炉就越往下陷……黑鱼精终于闷死了，石香炉也陷在湖底的烂泥里，只在湖面上露出三只葫芦形的脚。

　　这便是"三潭印月"三个石塔的由来。